책이 남긴 그 모든
이야기에
사랑과 감사를
전하며

독서의
기쁨

독서의 기쁨

책 읽고 싶어지는 책

김겨울 지음

리커버판 서문

《독서의 기쁨》이 세상에 나온 지 6년, 《활자 안에서 유영하기》가 나온 지 5년이 지났다. 짧다면 짧은 시간이겠으나 하루에도 무수히 많은 책이 서점의 매대를 스쳐 지나가는 것을 생각하면 그 나름의 끈질긴 역사를 통과해 온 셈이다. 감사하게도 두 권 모두 독자들에게 꾸준히 읽힌 덕에 절판되지 않고 리커버판까지 내게 되었다. 그러므로 일단 독자 여러분에게 감사를 표해야 할 것이다. 새로운 얼굴과 옷매무새를 만지는 마음으로 깊은 감사를 전한다.

리커버를 결정하게 된 가장 큰 이유는 《독서의 기쁨》과 《활자 안에서 유영하기》를 하나의 세트로 구성하고 싶었기 때문이다. 이 두 권의 책은, 집필 시에는 의도치 않았지만, 하나의 세트로 읽힐 수 있다. 《독서의 기쁨》이 독서라는 행위를 전방위적으로 탐색한다면, 《활자 안에서 유영하기》는 구체적으로 독서가 어디로 뻗어나갈 수 있는지를 지켜본다. 전자가 이론이라면 후자는 실전에 해당한다. 아마 《독서의 기쁨》이 더 많은 사랑을 받은 데에도 이런 영향이 없지 않았을 것이다. 그러나 저자로서 조금 더 마음이 가는 쪽은 《활자 안에서 유영하기》다. 한 권의 책이 사람을 어디로 데려갈 수 있는지를 보여주는 책이어서다.

책이 가치 있는 매체인 이유는 정보를 전달해서가 아니다. 단순한 정보를 전달하는 역할에 그치는 매체에 이토록 절절맬 일이 무에 있을까. 책을 사랑하는 사람들은 책이 거기서 그치지 않는다는 것을 안다. 그들은 책이 다른 사람의 마음을 자신에게 비춰주었다는 것을 안다. 책이 전혀 모르는 곳으로, 혹은 알았다고 생각했지만 사실 몰랐던 곳으로 자신을 데리고 다녔음을 안다. 그래서 비로소 자신에게로 돌아왔을 때 무언가 다른 것을 보게 되었음을 안다. 그러한 과정, 오로지 타인에게서만 들을 수 있는 말에 자신을 맡긴 그 시간에 책의 가치가 있다. 책은 삶이 아니지만, 삶에 가까운 무엇이다.

그러므로 한 사람에게 책이 어떤 의미일 수 있는지 이 두 권의 책을 통해 잘 전달되기를 바란다. 《독서의 기쁨》은 미숙했던 시절의 첫 책이고 《활자 안에서 유영하기》는 연달아 출간한 두 번째 책이지만, 적어도 그러한 소기의 목적은 달성했다고 말할 수 있다.

2023년 출간한 《겨울의 언어》의 저자 소개는 이런 문장으로 마무리된다. "텍스트 속 타자들을 통해 조금씩 변해왔으므로 자신을 '텍스트가 길러낸 자식'으로 여겨도 제법 정당할 것이라고 여긴다." 《독서의 기쁨》 출간으로부터 수년이 흘렀지만 책이라는 매체에 대한 생각에는 지금도 큰 변함이 없다. 시간이 흐를수록 이러한 생각은 더 체계를 갖추고 자리를 잡는다. 물론 책은 무조건 신성한 존재가 아니며 또한 세상을 채점하는 유일한 정답지도 아니다. 오히려 그렇기 때문에, 책이 우리와 함께 뒹구는 흙 묻은 무엇일 수 있기 때문에, 우리는 그 사이에서 땅을 더듬으며 조금씩 달라질 수 있다고 말하는 것이다.

두 권의 책이 나온 후의 여러 해 동안 나에게도 변화가 있었다. 《독서의 기쁨》에서 철학의 추상성을 기뻐하고 《활자 안에서 유영하기》에서 두 세계 사이에서 헤매고 있다고 말했던 나는 결국 철학과 대학원에 입학했다. 하루 종일 텍스트를 함께 읽고 질문하고 답하고 생각한다. 그렇게 생각하면 하나도 변하지 않은 것도 같다. 하지만 그 텍스트들 역시 나를 어디론가 새로운 곳으로 데려가고 있음을 안다. 다시 여러 해가 지나고 나면 내가 어디에 도달했는지 말할 수 있게 될 것이다.

책을 쓰는 것은 못내 부끄러운 일이다. 책에 저자의 결함이 행간에 묻어 있다는 점에서 그렇고, 그 결함을 알면서도 사람들에게 끝내 책을 위한 시간을 요구하기로 결정했다는 점에서 그러하다. 결함이 묻어 있든지 말든지 간에 책만 내면 그만이라는 사람들도 있는 모양이지만, 쓰는 자의 첫 번째 미덕이 성실함이라면 두 번째 미덕은 부끄러움이라고 나는 여전히 믿는다. 그래서 이 두 권의 책은 20대에 연달아 책을 낼 수 있었던 기쁨인 동시에 20대의 부족한 글이 박제된 부끄러움이다. 하지만 그때만 가질 수 있었던 당당함과 간절함이 결함을 슬쩍 가려줄 수 있기를 희망해본다.

여전히 그 모든 책에 존경과 사랑을 바친다.

2024년 봄 김겨울

서문

목차를 보면 알 수 있듯, 이 책은 독서법 책이 아니다. 실용적인 정보를 얻기는 힘들 것이다(물론 이 첫 줄만 읽어도 책을 볼 때 목차부터 보면 좋다는 팁 정도는 얻어갈 수 있다). 책을 읽는 방법에 대한 중요한 이야기들이 포함되어 있지만 독서법과는 상관없는 부분이 더 많다.

마찬가지로 목차를 보면 알 수 있듯, 이 책은 서평집도 아니다. 3부 '책과 세계'의 첫 번째 파트에 해당하는 글이 서평에 가깝지만 이 다섯 개의 글은 꽤 높은 확률로 독자들의 외면을 받을 것이다. 다른 장에 비해 추상적인 주제를 다루고 있기 때문이다.

이 책은 책과 함께 자라온 한 독자가 책에 보내는 러브레터다. 우아하게 말하자면 그렇고, 정확히 말하면 여전히 활자의 힘을 믿는 구닥다리 독자의 시시콜콜한

잡담이다.

나보다 훨씬 많은 책을 읽은 독자들이 보기에 우스울 지도 모르겠지만 어찌 되었든 최선을 다해 썼다. 사실 관계를 정확히 파악하고 쓰기 위해 애썼지만 혹시나 틀린 부분이 있다면 미리 사죄드리고 싶다. 운이 좋아 2쇄를 찍게 되면 수정 사항을 꼭 반영하겠다는 다짐을 썼는데, 정말로 운이 좋아 2쇄를 찍게 됐다. 생각지도 못했던 이런 일이 가능했던 것은 운 좋은 자의 넘치는 복일 테다. 여전히 있을지 모르는 수정 사항은 여전히 겸허한 마음으로 받아들이겠다.

1부는 책의 모습과 물적 속성, 그리고 그 안에 든 정신을 주제로 삼았다. 나는, 으레 책을 좋아하는 사람이 그러하듯, 책의 물성을 사랑한다. 책의 모습과 그 안에 든 정신을 주제로 삼았다.

2부는 책을 만나 함께 살아가는 이야기다. 책을 고르고, 사고, 곁에 두고, 냄새 맡고, 읽는 과정에 관해 이야기했다.

3부는 책과 세계에 대한 이야기다. 책이 어떻게 그 자체로 하나의 세계가 되었는지, 세계는 어떻게 책이 되었는지, 그리고 세계 속에서 책은 어떤 위치를 차지하고 있는지를 다루었다.

너무 무겁지도, 너무 가볍지도 않게 쓰기 위해 노력했다. 책을 좋아하는 이들은 공감하고, 책이 낯선 이들은 책이라는 존재가 궁금해졌으면 한다. 되도록 많은 주제를 다루려고 애썼지만 구성상 빠진 부분도, 빠진 내용도 있다. 이를테면 책장 정리, 출판사, 출판 시장의 구조, 출판시장에서 종사하는 사람 등에 대한 이야기를 담지 못한 것은 큰 아쉬움이다. 독자 여러분 각자의 독서 경험이 이 책의 틈새를 메울 수 있다면 글을 쓴 사람으로서 무척 감사한 일일 것이다.

책을 써보지 않겠냐고 제안을 받았을 때 조금 당황했다. 내 인생의 첫 책을 이렇게 빨리 쓰게 될 줄 몰랐기 때문이다. 책을 소개하는 유튜브 채널을 운영하는 덕에 변변한 목차조차 없는 상태에서 청탁받았다. 가볍게 시작한 채널이 이렇게 빠르게 성장할 줄 몰랐고, 책을 쓰는 계기가 될 줄은 더더욱 몰랐다. 많은 이들이 유튜브를 시작한 계기를 묻지만 특별한 동기가 있지도 않다. 책을 좋아하고 라디오를 좋아해 자연스럽게 흘러오게 됐다. 인생에서 별달리 계획을 세워본 적이 없으므로 앞으로 어떻게 될지도 확실치 않다. 유튜브에서 책을 소개하는 채널을 시작했을 때도 불확실했고, 지금도 불확실하며, 앞으로도 불확실하다. 그러나 앞으로도 책을 읽고 이야기하는 일은 멈추지 않을 듯하다. 책과 글이 없는 삶을 상상해 본 적이 없기 때문이다.

이 책은 책을 사랑하는 이의 첫 책이다. 책을 쓰는 동안 인생의 다른 부분이 엉망진창을 향해 엔트로피를 늘려나가도, 오로지 이 글을 쓰고 있다는 이유만으로 나는 조금 덜 불행했다. 이 글이 흩어져 사라지지 않고 형태를 갖추어 사람들에게 전달될 것이며, 적어도 그때까지는 확실한 목표를 향해 글을 써야 한다는 사실이 나를 지탱했다. 감히 그것을 행복이라고 부를 수도 있었다. 이 감정이 잘 전달될지는 모르겠으나, 어떤 부분에서는 책 이야기를 하고 있다는 것만으로 무척 신이 난 모습을 볼 수도 있을 것이다.

잡히는 대로 써 내려간 이 책을 책이라고 말할 수 있

을까. 하지만 그러지 않을 도리 역시 없다는 것을 안다. 이 부족한 글에 동원된 거대한 책들에 사죄와 존경을 바친다.

2018년 김겨울

차례

두 번째 노트 만남과 동거

세 번째 노트 책과 세계

첫 번째 노트

물성과
정신성

물성

그러면 이제 파울로 알토의 인쇄소에서는 내 플로피 디스크의 캘리포니아 판을 인쇄기에 걸고는 여러 가지 지시 사항을 내린다. 명조체, 고딕체, 혹은 이탤릭체 등 활자체의 선택, 활자의 크기와 행간 등 모든 지시 사항이 다 입력되고 인지되면, 그 나머지 일은 다 기계가 알아서 처리하게 된다. 내가 최초에 생각했던 그 m이라는 개념이 어디에 나타나든 신비에 가까운 그 기계가 인쇄된 페이지 속에 정확하게 번역하고 옮겨놓는 것이다.

— 제임스 A. 미치너, 《소설》 中

외양

사람으로 따지면 책의 표지는 얼굴이다. "책의 표지만 보고 책을 판단하지 말라.*Don't judge a book by its cover.*"는 속담도 있지만, 우리는 사람을 볼 때도 결국 얼굴을 보고 첫인상을 결정하지 않던가. 처음 내린 판단이 깨지는 건 꽤 즐거운 경험임에도 그런 일은 잘 일어나지 않는다. 인간의 뇌는 아주 간사해서 본인이 내린 판단을 쉬이 바꾸려고 하지 않기 때문이다.

책에 대해서는 어떨까. 어떤 책의 실물을 처음 만날 때 두 가지 경우가 있다. 하나는 책에 대해 아무것도 모른 채로 만나는 경우이고, 다른 하나는 이미 작가에 대한 정보나 다른 이들의 평가와 같은 정보를 알고 만나는 경우이다. 당연히 후자의 경우보다 전자의 경우에 표지가 더 중요하다. 그 경우엔 사실상 전적으로 제목과 표지가 사람을 유혹한다고 봐도 무방하다.

그렇다면 표지의 가장 큰 미덕은 사람들이 흥미를 느끼게끔 만드는 것일 테다. 나는 여기서 책 표지가 완전히 자본주의적인 영역에 함몰되지 않았음에 감사하다. 무작정 사람들의 이목을 끌기 위해 엄청나게 야한 사진을 넣는다든가, 글씨를 엄청나게 크게 쓴다든가, '역대급 충격!'과 같은 용어를 사용하지 않음에 감사한다는 말이다(혹시나 있다면 제보하지 말아주시길 바란다). 책을 비롯한 음악, 영화 등 창작물을 한 장의 표지로 표현하는 영역에서는 여전히 상업성과 예술성이 공동의 목표로 추구된다. 클라이언트의 마음에만 든다면 디자이너들이 받은 영감을 최대한 살릴 수도 있고, 문화를 향유하는 사람들에게 널리 보여줄 수도 있다. 물론 가끔은 담당 디자이너에게 마음속으로 애도를 표하게 되는 표지도 있지만, 너무 자세한 이야기는 하지 않기로 하자.

그런 의미에서 가장 안전한 표지는 명화 표지다. 이미 많은 출판사에서 선택하고 있는 방법이다. 심지어 펭귄클래식코리아에서 나온 니체의 《차라투스트라는 이렇게 말했다》와 민음사에서 나온 《차라투스트라는 이렇게 말했다》는 표지로 같은 그림을 채택했다. 고흐의 〈별이 빛나는 밤〉이다. 아마 니체가 말한 "춤추는 별을 잉태하려면 반드시 스스로의 내면에 혼돈을 지녀야 한다."는 구절 때문일 테다. 하지만 여기서 드러나듯, 안전함은 지루함과 동의어다. 명화를 잘 선택하면 책의 분위기와 내용은 더욱 살릴 수 있겠지만, 딱 그 정도다. 장기 저축예금 같은 것이다. 그 이상을 해내려면 결국 디자이너에게 새로운 표지를 맡겨야 한다. 클라이언트의 미감美感에 따라 감탄이 나올 정도로 아름다운 표지가 나올 수도 있고 그저 그런 표지에서 끝날 수도 있다. 확실한 것은, 더 많은 출판사가 새로운 표지에 도전할수록 세상에 나오는 책 표지가 다채로워진다는 것이다.

서점에서든 방에서든 책들을 가만히 바라보고 있을 때, 표지의 다양함에 놀라곤 한다. 이 작은 종이에 이렇게 다양한 표현이 가능하다니. 구성부터 글씨체, 그림체, 색감까지 어느 것 하나같은 표지가 없다. 민음사에서 한정판으로 나온 《노르웨이 숲》처럼 보자마자 감탄사를 자아내는 표지도, 이승우 《모르는 사람들》처럼 손대는 순간 마음속 파문이 일듯한 표지도 좋다. 사실 명화로 된 세계문학 표지도 무척 좋아한다. 민음사에서 나온 다섯 권짜리 〈보르헤스〉 전집은 세련과는 거리가 먼데도 어쩐지 보르헤스 책이라면 그래야 할 것 같은 능청이 있다. 숲 출판사에서 나오는 〈그리스 고전 원전 번역〉 시리즈의 디자인은 볼 때마다 탄성을 자아낸다. 서점에서 《음식의 언어》를 집어 들게 된 이유에는 표지가 큰 부분을 차지하고 있다. 《소년이 온다》를 장식한 안개꽃은 한동안 나의 컴퓨터 바탕화면이었고, 《마담 보바리》 원서의 펭귄클래식 디럭스 에디션을 장식한 푸른빛 레이스를 뉴욕 여행 내내 얼마나 어루만졌던가. 그 외에도, 수많은 표지의 아름다움은 여기서 이루 다 헤아릴 수 없다. 앎이 일천해 논할 수 있는 게 이 정도일 뿐이다.

문학과 지성사의 시집처럼 표지가 하나의 브랜드가 되기도 하고, 원래 있던 책의 표지를 새롭게 바꿔서 한정판으로 출시하는 전략이 통하기도 하는 시대다. 한자가 잔뜩 찍혀있거나 손으로 베껴 쓴 글씨가 가득한 얇은 종이를 비슷비슷한 두꺼운 종이로 둘러쌌을 옛날과는 비교도 되지 않는다. 세상이 변한 만큼 책도 변했다. 표지 디자인을 넘어 이제는 표지의 종이 질감이나 두께, 제본 형태 같은 물리적 요소까지 출판사의 고민

거리가 된다. 이 고민의 결과로 어떤 디자이너는 뒷날개를 아주 길게 만들어서 책을 완전히 감싸게 만들었고(볼테르, 《불온한 철학사전》, 민음사), 어떤 디자이너는 앞날개를 조금 길게 만들어서 책갈피처럼 쓸 수 있게 했다(진중권, 《고로 나는 존재하는 고양이》, 천년의 상상). 표지 질감을 벨벳 질감으로 만들어서 그 질감에 매료되게 만들기도 한다(정이현, 《상냥한 폭력의 시대》, 문학과 지성사). 그야말로 책 디자인의 춘추전국시대다.

솔직히 고백하겠다. 나에게는 제본 형태만 보고 산 책도 있다. 지금도 잘 모셔두고 있는 사데크 헤다야트의《눈먼 올빼미》는 지인에게 추천을 받아 2013년에 샀던 책이다. 맥주를 마시면서 책 이야기를 나누다가 그가 특이한 형태로 제본된 책이 있다고 했다. 요새 읽고 있는 책이라며 가방에서 꺼내 나에게 보여준 그 책을 나는 다음날 인터넷으로 주문했다. 연금술사라는 출판사에서 나온 이 책은 앞표지와 뒤표지가 매우 두껍고 거친 — 양장 표지보다 두껍다 — 종이로 되어있고, 그 위로 괴상하게 생긴 올빼미가 노려보고 있으며, 책등 부분이 감싸지지 않은 채 훤히 드러나 있다. 종이를 꿰맨 실과 그 위를 바른 제본 풀이 그대로 보인다는 말이다.

피를 흘리는 것 같은 붉은 실 위로 제목이 박힌 천 쪼가리가 붙어있다. 《눈먼 올빼미》. 표지의 절반 정도를 차지하는 커다란 띠지가 휑한 책등 아래쪽을 그나마 감싼다. 굶주려서 뼈가 다 드러난 몸을 얇은 담요로 감싸는 것 같다. 읽으면 자살한다는 이유로 이란에서 금서가 된 그 내용이 디자인에도 지장指章을 남긴 듯하다. 이런 제본 형태는 아주 가끔 다른 책에서도 볼 수 있지만, 《눈먼 올빼미》가 주었던 충격을 잊지 못한다. 그건 내용과 형태가 조응할 때 강렬하게 밀려오는 쾌감이었다.

결국 책 디자인은 그 형태가 내용을 얼마나 잘 반영하느냐의 문제이기도 하다. 촉감과 시각적 쾌감이 내용과 딱 들어맞을 때 우리는 디자인의 완성도가 높다고 느낀다. 자주 받는 질문이 양장과 반양장, 페이퍼백 중 어떤 형태를 선호하냐는 질문인데, 늘 나의 대답은 같다. 그건 책의 내용에 따라 다르다. 오래 두고 볼 책이라면 당연히 양장을 택해야 할 테고, 들고 다니며 읽고 싶다면 페이퍼백이 좋을 테다. 한 가지 책이 양장본과 반양장본 모두로 나오는 경우도 있는데, 내가 들고 다닐 것인지 두고 읽을 것인지를 생각해 보고 결정한다. 내용이 고려되지 않은 형태는 반쪽짜리다.

사실 이 대답은 좀 더 다양한 가능성을 포함한다. 이를테면 책이 존재의 부질없음을 논하는 내용이라면 그만큼 가볍게 구겨질 수 있는 책. 우울이 뼛속까지 파고든다면 뼈대가 드러나는 책. 실현되지 않을 상상이겠지만 만약 소실된 책을 다루는 책이 바람에 풍화되는 종이로 되어있다면, 나는 정말 돌아버릴 것 같은 짜릿한 기분으로 그 책을 사서 바람에 날려 보낼 준비가 되어있다. 그런 의미에서 책을 사랑해 온 사람이 책에 대해 논하는 이 책은 아주 튼튼하게 만들어달라고 부탁해야겠다. 책장에서 끈질기게 살아남되, 다른 책들보다 먼저 눈에 띄지 않고, 다른 책들을 단단히 뒷받침해 주는 책으로 만들어달라고. 물론 표지는 예뻐야 한다. 여러분이 어떤 표지와 질감으로 된 책을 들고 있을지 정말 궁금하다.

내지

외양에만 디자인이 있는 건 아니다. 표지로 책을 판단하지 않는다고 해도, 책을 펼치는 순간부터 우리는 '가독성'이라는 새로운 기준으로 책을 바라본다. 가독성 역시 디자인이 책임지는 영역이다. 서체, 줄 간격, 여백, 들여쓰기 등 다양한 요소의 결합이 잘 읽히는 책과 그렇지 않은 책을 나눈다.

수십 년 전 나온 책을 펼쳐보면 잘 읽히지 않는다는 느낌을 받을 것이다. 그것은 우리가 요즘 나오는 책의 내지 디자인에 익숙해져 있기 때문이다. 대부분의 책이 명조 계열의 서체를 본문에, 고딕 계열의 서체를 제목에 사용하고, 180% 정도로 줄 간격을 맞춘다. 가장 많이 쓰이는 서체는 sm신명조, 윤명조 100번 대, 산돌명조 등이다. 장평(글자의 너비)과 자간(글자 간의 간격)은 출판사마다 조금씩 다른 기준을 적용한다. 개인적으로는 장평이 넓은 글자를 좋아하지 않지만 — 가독성이 떨어지고 시각적 리듬이 둔해진다 — 서체마다 특성이 달라 함부로 말하기 어렵다.

책을 읽을 때 가장 거슬리는 내지 디자인은 줄 간격이 좁은 디자인이다. 대부분의 책이 이미 정립된 서체와 표기 방식을 채택하고 있어 크게 거슬리는 경우는 없는데, 단 하나, 줄 간격이 좁은 책에는 손이 잘 가지 않는다. 매우 훌륭한 UI를 자랑하는 열린책들 출판사의 핸드폰 앱을 잘 사용하지 않는 이유도 그 때문이다. '열린책들' 앱에는 줄 간격을 조정할 수 있는 설정이 없는데도 지나치게 글자가 빽빽하다(전자책 단말기에서는 같은 앱을 사용해도 180% 정도의 줄 간격으로 보이는데 왜 핸드폰 앱에서는 그렇지 않은지 의아하다). 2013년에 앱이 처음 생길 때, 20만 원 정도를 내고 향후 나올 모든 세계문학을 받아보는 오픈파트너를 신청했지만 지금까지도 이 앱으

로 그렇게 많은 책을 읽지는 못했다.◘

그런 의미에서 무척 좋아하는 내지 디자인이 숲 출판사에서 나온 〈원전으로 읽는 순수 고전세계〉 시리즈다. 호메로스나 플라톤의 작품 같은 고대 그리스 원전을 천병희 교수가 번역한 판이다. 두꺼운 양장으로 나온 책을 펼치는 순간 200%의 줄 간격이 시원하게 눈을 사로잡는다. 전공에서 가장 많이 사용하는 박종현 교수의 서광사 번역본이 비교적 갑갑한 느낌을 주는 데에 비해 숲 출판사에서 채택한 디자인은 한결 편안하다(비유하자면 시공사 판은 소크라테스에게 혼나는 느낌이고, 숲 판은 소크라테스에게 설득당하는 느낌이다). 최근에는 같은 출판사에서 〈푸른시원〉이라는 시리즈로 짧게 읽을 수 있는 대화편을 같은 내지 디자인으로 출간하고 있다. 우리나라에서 출간되는 그리스 고전 원전 번역서 중 가장 구어체에 가까워 잘 읽히는 번역이라는 평을 받는 천병희 교수의 번역이 훌륭한 내지 디자인을 만나 꽃을 피운다.

◘ 열린책들의 세계문학 앱은 2019년 서비스를 종료했다.

조금 다른 의미에서 좋아하는 내지 디자인은 각주와 인용이 화려하게 달린, 주로 철학 논문에서 많이 보이는 디자인이다. 여기서 '좋아한다'는 말은 '잘 읽는다'는 것과는 다른 말이다. 철학 논문은 그 특성상 다양한 외국어 단어를 병기해야 하고, 수많은 구절을 인용해야 하며, 수많은 설명을 각주로 달아야 한다. 그 많은 요구 사항을 소화하기 위해 철학 논문은 나름의 규칙을 세워 적용해 왔다. 인용은 겹따옴표, 강조는 홑따옴표, 저자가 추가하는 단어나 구절은 [ ] 부호로 쓰는 식이다. 저자에 따라 강조하는 부분을 이탤릭체로 쓰기도 하고, 중요한 개념을 굵은 글씨로 표시하기도, 개념어의 설명을 돕기 위해 독일어나 프랑스어 단어를 괄호 안에 함께 쓰기도 한다. 그 모든 표기가 만났을 때 주는 시각적 쾌감이 있다. 그러니까 이건 '잘 읽는다' 내지는 '잘 읽힌다'기보다는, '보기에 좋다'는 말에 가깝다. 철학자들이 표기에 힘쓰니, 독자가 보기에 좋더라.

내지는 보통 백색 모조지나 미색 모조지를 사용한다. 예전에 블로그에 쓰던 글을 모아서 책으로 만들어 달라는 요청을 받고 몇 부 만들어 판 적이 있는데 그때 미색 모조지 100g을 썼었다(모조지 중 두꺼운 축에 속한다). 만년필로 글씨를 써도 번지지 않는 품질을 보고 감탄했던 기억이 난다. 10여 년 전부터는 이라이트지紙가 쓰이는 경우도 왕왕 있는데, 모조지보다 훨씬 가볍고 거친 느낌을 주는 종이다. 아직은 주류를 차지하고 있지 못하지만 앞으로는 더 많이 쓰였으면 한다. 고급스러운 종이 질감을 위해 어깨를 혹사하는 일은 그만하고 싶다. 아니, 질감을 따져봐도 매끈한 쪽보다는 거친 쪽이 더 '책스럽다.' 여러분이 읽고 있는 이 책은 어떤 종이를 썼을지 궁금하다. 종이를 한 번 손가락으로 쓸어보시라. 펜으로 낙서도 해보고, 접어도 보시라. 어떤가?

그러니까 겉도 속도, 다 꼼꼼하게 고르고 세심하게 구성해야 한 권의 훌륭한 책이 완성되는 법이다. 사람 역시 마찬가지다(이걸 사람에게 비유하는 건 너무 뻔해서 하지 않으려고 했지만, 이왕 뻔한 속담으로 시작한 거 뻔한 비유까지 밀어붙이고 글을 마무리하겠다). 이 책의 겉과 속을 모두 경험한 지금, 독자 여러분은 이 책에 대한 인상을 상당 부분 결정했을 것이다. 매일의 삶 역시 자신이 기획한 방향 이외의 방향으로 나아갈 수 없다. 어떤 무게로, 어떤 모양으로, 어떤 간격으로 살아갈지 세심하게 고르지

않는다면, 글쎄, 누가 나를 읽을 수 있을까. 펼쳐봤다
놀라서 도로 닫아버릴지도 모르는 일이다.

무게

어디서부터 잘못된 걸까.

나갈 때마다 어떤 책을 들고 나갈지 정하지 못해 결국 책을 두 권씩 들고 나가는 나? 착용자의 어깨는 고려하지 않는 무자비한 무게의 가방? 양장을 두르고 싶은 저자 혹은 출판사의 욕심? 사실 이것들은 문제가 아니다 (아니 잠깐, 가방은 문제가 맞다). 문제는 앞에서도 언급한 종이다. 정말이지 외출할 때마다 척추 건강을 진지하게 걱정하는 일을 그만두고 싶다.

펭귄클래식이 웅진을 통해 우리나라에 들어왔을 때 내가 환호했던 가장 큰 이유는, 앞으로 책 때문에 어깨와 허리가 아픈 날이 조금 줄어들지 않을까 하는 기대 때문이었다. 물론 이 기대는 기대 이상의 로컬라이징에 의해 깨졌다. 펭귄클래식코리아의 책은 분명히 다른 우리나라 책보다는 가볍지만, 미국의 펭귄클래식 책보다는 무겁다. 약간 과장을 보태서 내가 지금 책을 들고 있는 건지 의심스러울 정도로 가벼운 미국의 페이퍼백 서적은 한 권이든 두 권이든 척추에 큰 무리를 주지 않는다. 학창 시절 내내 자기 몸만 한 교과서를 쓰는 나라에서 책이 이렇게 가볍게 나온다는 건 신기한 일이다.

한 장의 종이는 가볍지만, 200장의 종이는 이야기가 다르다. 예전에는 책에 사용하는 종이에 색을 희게 하고 질감을 좋게 하기 위해 돌가루를 섞는 경우도 있었다고 한다. 요새는 눈의 피로도를 낮추기 위해 돌가루로 만질만질하게 만든 아트지보다는 적당히 거친 미색 모조지를 많이 사용하지만, 불과 십수 년 전만 하더라도 책이 돌덩이같이 무겁다는 건 비유가 아니었던 셈이다. 대신 미국에서 사 온 페이퍼백은 가벼운 만큼 확실히 보관이 어렵고, 종이가 쉽게 바래는 느낌이 있다. 확실히 종이의 내구성도 떨어지고, 멋진 디자인을 하기에도 한계가 있어 보인다. 앞 장에서 언급했던 이라이트지는 무게가 가볍고 인쇄 품질이 좋아 요새 광범위하게 쓰이지만, 철 성분 때문에 시간이 흐르면 색이 바랜다. 울퉁불퉁해서 컬러 인쇄를 하기에도 좋지 않다고 한다.

아, 정말 쉽지 않다.

나는 늘 가방에 책을 들고 다니는 사람이지만, 가끔은 그냥 책을 집에 두고 나가고 싶은 강력한 유혹에 시달린다. 특히 가죽 가방을 들거나 하는 날은 더욱 그렇다. 고민에 고민을 거듭하며 가방에 책을 넣었다 빼는 일을 세 번 정도 반복한다. 들고 나가도 후회하고 안 들고 나가도 후회한다. 무겁지만 좀 더 읽고 싶은 책과 가볍지만 좀 덜 읽고 싶은 책 사이에서 20분 정도 고민하다가 대안으로 전자책 단말기를 들고 나갈 때도 있다. 아니, 그 정도로 책을 좋아하면 그냥 무거운 책도 잘 들고 다녀야 하는 것 아니냐는 항의를 받을 수도 있겠지만, 여러분, 건강은 소중하다. 물론 그냥 눈 딱 감고 읽고 싶은 책을 들고 나가는 날이 좀 더 많다.

이사를 할 때도 문제다. 겨우 오백 권이 조금 넘는 정도의 책인데도 일일이 박스에 넣어 정리하는 게 보통 일이 아니다. 그렇게 많은 책은 아니라고 늘 생각하는데도 그걸 두, 세 권씩 꺼내서 책장에 꽂고 있으면 책을 적게 사진 않았군, 싶어진다. 몇천 권, 몇만 권씩 가지고 있는 사람들은 도대체 이사를 어떻게 하는 걸까. 아마 존 창고에서 쓰는 로봇 보급이 시급하다. 걔넨 알아서 찾아서 척척 꺼내고 꽂고 그러던데.

뭐니 뭐니 해도 책의 무게가 가장 원망스러울 때는 누워서 책을 읽을 때다. 요새는 누워서 스마트폰을 하다가 스마트폰이 얼굴로 떨어지는 불상사가 벌어지는데, 그건 역사가 꽤 오래된 불상사다. 누워서 책을 읽다가 책이 얼굴 위로 엎어진 경험을 해본 적이 있으신가? 누워서 책을 읽으려고 들면 정말 온갖 포즈를 다 시도하게 된다. 오른쪽으로 누워서 왼쪽 페이지를 읽다가, 왼쪽으로 몸을 돌려 오른쪽 페이지를 읽다가, 이도 저도 불편해서 엎드려서 책을 읽다가, 팔과 허리가 아파서 누워서 책을 읽다가, 팔이 아파서 다시 오른쪽으로 누워서 왼쪽 페이지를 읽다가…. 이걸 반복하고 있자면 아니 내가 무슨 부귀영화를 누리자고, 이것이 무슨 시지포스의 고난이란 말인가 싶어지는데, 책을 읽느라고 그 생각을 어느새 잊게 된다. 그러다 보면 어느새 다시 팔이 저리고, 아니 이 무슨 시지포스의 고난이란 말인가.

영상을 찍다 보면 한 번에 열 권에서 스무 권 정도를 언급하는 날이 있다. 그럴 때는 해당하는 책을 전부 다

꺼내서 앞에 늘어놓고 찍는다. 카메라에 잡히지 않으니 여러분은 모르겠지만, 책을 한 번에 스무 권쯤 꺼내다 보면 꼭 한 번씩 책을 바닥에 쏟는다. 아, 여러분, 믿는 책에 발등을 찍히면 정말 아프다. 웬만하면 책은 한 번에 다섯 권 이상씩 꺼내서 들고 있지 않는 편이 좋다. 특히 책장에 자리가 없어서 책을 꽂은 앞 공간에 책을 뉘어둔 분이라면 더더욱.

혹시라도 이 책을 들고 다니기 힘들어하실 분들을 위해 이 책은 짧은 분량으로 만들기로 했다. 물론 농담이다. 책에 대한 책인데, 이렇게 책 무겁다는 불평을 잔뜩 써놓고 무거운 책을 만들면 좀 민망할 것 같기는 하다. 그래도 최대한 가볍게 만들어보자고 담당자분께 말씀드려보겠다. 그러니 여러분은 책의 마지막까지 힘내서 들고 다녀주시면 좋겠다.

독서대, 책갈피, 띠지와 가름끈

'가름끈'이라고 부른다. 그것 말이다. 여러분이 양장본으로 된 두꺼운 책을 살 때마다 보지만 이름을 알지 못하는 그 고급스럽게 생긴 리본을 가름끈 또는 갈피끈이라고 부른다.

내가 책을 사서 가장 먼저 하는 일 중 하나는 가름끈이 접힌 페이지를 찾아 가름끈을 꺼내는 것이다. 보통 중반이 조금 지난 지점에 접혀있다. 꺼내두면 너저분하게 보인다는 이유로 꺼내놓지 않는 사람들도 있지만, 나는 책갈피 대용으로 쓰기 때문에 꼭 꺼내둔다. 어떤 책은 양장본인데도 가름끈이 없어서 아예 인터넷에서 파는 DIY 세트를 살지 고민한 적도 있다. 자주색 리본 1롤과 도트 접착제를 합쳐 8천 원 정도면 책에 가름끈을 붙일 수 있다. 결국은 사지 않았고, 무척 후회한다.

요새 나오는 가벼운 양장본에는 으레 가름끈이 생략되기 때문이다.

책장에 책을 꽂을 때도 가름끈을 꺼내둔다. 양장본을 연달아 꽂은 책장에는 여러 색의 리본이 총총 걸려있다. 뉘어놓은 책에 달린 리본이 아래 칸까지 늘어진다. 이 리본들이 책장의 리듬을 완성한다. 책만 착착착 꽂힌 책장은 지루하고 재미없게 마련이어서, 때로는 이런 일탈이 필요하다.

이 일탈에 기여하는 또 다른 요소가 책의 띠지다. 띠지에는 표지에 넣기 애매하지만 사람들에게 알리고 싶은 내용이 들어간다. 보통 '○○○이 추천한 책!'이라든가, '201○년 ○○상 수상작!' 같은 말과, 차마 표지에 얼굴 넣기를 거부하는 작가의 얼굴 등이 박혀있다. 책을 사는 입장에서는 띠지만큼 성가신 존재가 없다는 걸 출판사에서 모를 리가 없는데도 띠지를 포기할 수 없는 이유는, 당연히 광고가 되기 때문이다. 말하자면 띠지는 책을 둘러싸고 있는 이동식 광고판이다. 풍문으로 듣기로는 띠지의 유무에 따라 50%까지도 매출에 차이가 난다고 한다.

책을 사서 책장에 꽂을 때 잠시 고민한다. 띠지를 뺄

것인가, 말 것인가? 불편하다는 이유로 띠지를 끌러보면 이상하게 허전한 느낌이 든다. 그렇다고 띠지를 둔 상태로 들고 다니거나 책장에 넣기에도 불편하다. 특히 띠지를 두른 책의 바로 옆 책을 책장에서 꺼냈다가 다시 꽂을 때, 띠지에 걸려서 띠지가 찢어지거나 책이 잘 들어가지 않는 일은 꽤 흔하다. 고민을 거듭한 끝에 웬만하면 함께 꽂자는 결론을 내렸지만 실천을 많이 하지는 못한다. 띠지는 책을 읽는 동안 책갈피로 쓰이다가, 책장에 꽂을 때면 버려진다. 가름끈처럼 예쁨과 실용성을 모두 갖출 수 있다면 좋을 텐데.

대신 띠지를 책갈피로 사용할 때의 실용성은 무시할 수 없다. 띠지를 책갈피로 쓸 때 좋은 점은, 책갈피를 따로 준비할 필요가 없다는 점이다. 그대로 끌러서 읽던 부분에 끼우면 그만이다. 사람들은 으레 내가 책갈피를 많이 가지고 있을 것으로 추측하나, 틈틈이 사거나 받은 책갈피가 전부 어디에 있는지도 나는 잘 모른다. 뉴욕 MoMA*Museum of Modern Art*에서 산 자석으로 된 책갈피 세트를 정말 좋아했는데 한 개 빼고 전부 잃어버렸고, 경복궁 야간개장 때 받은 전통 문양으로 된 책갈피도 일곱 개로 된 세트인데 두 개 빼고는 몽땅 잃어버렸다. 플라스틱 책갈피, 종이 책갈피, 자석 책갈피, 정말 별의별 책갈피를 다 가지고 있었지만 내가 신경 쓰지 않는 사이 모두 자신의 길을 찾아 떠나버렸다. 이러다 서랍 구석에서 발견되기도 하고 예전에 읽은 책을 오랜만에 펼치다가 바닥에 툭 떨어지기도 한다.

책갈피를 잘 쓰지 않게 되는 이유는 이상하게 들리겠지만 그 불편함 때문이다. 책에서 비죽 솟아오르는 책갈피는 가방 안에서 빠지게 마련이고, 자석으로 된 책갈피는 붙이고 떼는 과정이 성가시다. 그냥 책에 끼우는 식의 책갈피도 어느새 책에서 탈출한다. 특히 지하철이나 병원 같은 장소에서 책을 읽을 때는 금방 책을 여닫아야 하므로, 별도의 책갈피를 쓰는 게 오히려 방해된다. 이런저런 책갈피를 거친 끝에 내린 결론은 가름끈을 사용하거나, 구겨지는 게 조금 마음이 아프더라도 책날개를 사용하거나, 이도저도 아니면 띠지를 사용하는 게 제일 낫다는 것이다.

유일하게 실용적이라고 생각하는 책갈피는 북다트*Book Dart*다. 정확히 말하면 북다트는 책갈피라기보다는 책에서 기억하고 싶은 구절을 표시하는 인덱스에 가깝다. 물론 책갈피로 사용할 수도 있다. 아주 얇은 금속으로 되어 있어 책에 끼워도 별로 티가 나지 않는다. 쉽게 빠지지도 않고, 책이 상하지도 않는다. 옆면을 보면 얇은 선으로만 보인다. 들고 다니면서 쓰기는 불편하지만 책상에 앉아 책을 읽다가 중요한 구절에 끼워두면 나중에 원하는 구절을 찾기 수월하다. 북다트의 유일한 단점은 가격이 비싸다는 점이다. 보통 50개 세트가 15,000원 정도인데, 한 권을 읽을 때 적어도 5개에서 10개를 사용한다는 점을 고려하면 다섯 권에 15,000원을 쓰는 셈이다. 그래도 요새는 북다트를 대체할 만한 포스트잇 계열의 인덱스가 많이 나오고 있는 모양이니 그런 스티커를 사용하는 편이 나을지도 모르겠다.◘

책갈피를 쓰지 않아도 되는 유일한 독서 환경은 독서대를 사용할 때다. 가장 흔한 모양의 나무 독서대에는 책을 고정하는 책장잡이가 달려있어, 굳이 읽던 부분을 표시할 책갈피를 따로 쓰지 않아도 된다. 늘 사용하는 책상이 있다면 독서대를 하나 올려두고 읽고 있는 책을 늘 그 자리에 두는 게 제일 편하다. 다만 너무 오랫동안

◘ 2024년이 된 지금은 북다트조차도 잘 쓰지 않고, 그냥 책 귀퉁이를 과감히 접어둔다. 책갈피로는 굴러다니는 영수증 같은 것을 척척 꽂아놓고 있다.

같은 페이지를 펼쳐두면 책을 덮어도 그 페이지를 기준으로 책이 벌어질 수 있으니 책이 상하는 걸 원치 않는다면 꾸준히 읽는 게 좋다(물론 그게 말처럼 쉬운 일은 아니라서 나도 그렇게 중간 부분이 벌어진 책을 몇 권 가지고 있다).

요새는 휴대용 독서대도 많이 나와 있어 밖에서 책을 읽을 때도 독서대를 사용할 수 있다. 나는 알라딘에서 나온 모델과 중소기업에서 북커버 형으로 나온 모델을 가지고 있는데, 둘 다 꽤 무거워서 작정하고 책을 읽으러 나가는 날이 아니면 잘 들고 다니지 않게 된다. 간편하게 들고 다니기 좋도록 철로 된 뼈대만 남긴 북홀더도 있는데, 접어서 가볍게 가지고 다니기 좋은 대신 책을 단단하게 잡아주지는 못해 노트북 받침대로 주로 쓰고 있다. 요새는 재생지를 아코디언처럼 접어서 만든 가벼운 독서대도 나왔던데, 책장잡이가 없는 대신 아랫부분을 안쪽으로 꺾이게 만들었다(궁금해서 주문했으니, 이 책이 나올 때쯤엔 직접 써보고 있을 것이다). 어떤 형태로 나오든 독서대를 쓰면 고개를 꺾지 않고 책을 읽을 수 있어 좋다. 어떻게든 밖에서도 독서대를 써보려 안간힘을 쓰는 사람이 나뿐만은 아니라는 걸 이런 발명품들은 보여준다.

가름끈, 띠지, 책갈피, 독서대 모두 책의 물성物性에 따라오는 물건들이다. 전자책을 읽을 때는 가름끈도, 띠지도, 책갈피도, 독서대도 필요하지 않다. 이 모든 불편함과, 추가로 드는 비용과, 무게와, 귀찮음을 감수하고 굳이 종이로 된 책을 읽는 이유는 책의 질감이, 무게가, 모양이, 형태가, 결국 책의 일부이기 때문이다. 물성 없는 책은 책인가? 적어도 나에게는 반쪽짜리 책이다.◘

◘ 지금은 생각이 조금 바뀌었다. 반쪽보다는 조금 더 책인 것 같다.

정신성

나는 많은 책을 읽었어. 아마 슈타인이 가지고 있는 장서의 절반은 읽었을 거야. 그는 내가 원하는 책을 가져다주었어. 별로 읽고 싶지 않은 책이 더 많았지만 나는 그가 가지고 온 것은 다 읽었어. 이런 식으로 나는 아주 많은 지식을 획득하게 되었어. 나는 마치 신들린 듯 배웠어. 죽음이 나를 데려가려 하지 않았으므로 나도 죽음을 더 이상 원하지 않았어.

— 루이제 린저, 《삶의 한가운데》 中

가장 즐거운 유희 활동

지금부터 여러분에게 독서가 얼마나 즐겁고 훌륭한 유희 활동인지를 설명하려고 한다. 다만 이 책을 읽고 계신 분들은 이미 책의 재미를 제법 알고 계신 분들이리라 짐작하므로, 이 장은 여러분이 다른 사람들에게 책의 재미를 설득할 때 논거로 사용하면 좋을 것이다. 그러면 출판계가 살아나고 종사자들의 처우가 개선되고 더 질 좋은 책이 나오고 우리는 더욱 즐거운 독서 생활을 할 수 있지 않겠는가. 그렇다. 이 장은 여러분에게 영업을 권유하는 장이다. 독서를 취미로 두는 이들은 영업과 거리가 먼, 내향적인 사람들이라는 편견을 깨부숴주시면 좋겠다(물론 이 글을 쓰고 있는 사람은 전형적으로 내향적이다).

설득할 때는 전략이 중요하다. 여러분의 효율적인 설

득을 돕기 위해, 여기서는 가장 전형적인 전략을 하나 제시하려고 한다. 바로 다른 유희 활동에 비해 무엇이 더 좋은지를 설명하는 것이다. 일단 책만이 가지는 특별한 재미를 이야기하고, 몇 가지 다른 활동과 비교해 보겠다. 사실 이 장뿐만이 아니라 이 책 전체가 하나의 거대한 영업서이기도 하다. 내가 사랑하는 것을 마음껏 설명하면 사람들은 늘 그걸 장바구니에 넣곤 하니 말이다. 책이 무엇이길래 이토록 열렬한 러브레터를 쓰는지 궁금해하는 사람들에게, 자신이 좋아하는 책을 한 권 선물해 보자(이 책이면 더욱 좋겠다).

책의 즐거움

책이 왜 재미있는가? 책의 어떤 점이 재미있는가? 한 가지로 답하기 어렵다. 책의 재미는 복합적인 요소로 이루어져 있다.

일단 책의 서사, 즉 이야기가 주는 재미가 있다. 인터넷에 돌아다니는 온갖 경험담과 TV의 '막장 드라마'를 우리가 즐기는 이유는 인간이 이야기를 즐기는 동물이기 때문이다. 책에는 인간이 지금까지 고안해 온, 혹은 경험해 온 거의 모든 종류의 이야기가 있다. 심지어 우리는 그 이야기에 스스로의 힘으로 빠져들어, 누구의 지시도 없이 항해할 수 있다. 제공되는 대로 끌려가거나, 끌려가지 않거나.

다음으로 호기심을 충족해 준다는 점이 있다. 바로 뒤의 장에서 이야기하겠지만, 인간이 책을 읽는 목적 중 하나는 호기심을 해결하는 것이다. 세상에는 재미있는 지식이 정말 많다! 당신이 궁금한 것을 찾느라 인터넷 탭을 10개씩 오가는 사람이라면 책을 싫어할 수 없으리라. 인터넷이 제공하는 편집되지 않은 지식, 혹은 검증되지 않은 지식보다 더 체계적이고 검증된 지식을 긴 호흡으로 읽을 수 있다.

어릴 때부터 문학을 즐기는 마음이 있었다면 언어 자체가 주는 즐거움도 무시할 수 없을 것이다. 어떻게 이런 표현을 쓰지, 싶은 표현을 만날 때마다 두근대는 마음. 마음 한편에 두고 가끔 꺼내어보는 몇몇 구절들.

전통적인 주장을 빌려오자면, 책을 읽으며 상상하는 즐거움도 있다. 가끔 소설을 읽을 때 외부의 소리도 잘 들리지 않을 정도로 책에 완전히 몰입한 상태가 되는데, 그때 나는 소설 속의 장면을 머릿속으로 그리고 소설 속의 촉감을 같이 상상하고 있다. 작가가 창조한 세계를 나의 방식으로 만들어보는 동안 두 세계는 얽히고 새롭게 태어난다. 그렇게 만들어지는 무수한 세계는 독자를 어디든 데려간다. 즐겁고 슬프며 화나고 위로받는 세계로.

이 모든 유희에 더하여, 책을 제외하고는 그 어떤 유희 활동도 제공할 수 없는 유희가 하나 있다. 그것은 추상적인 관념을 다루는 즐거움이다. 오로지 언어만이 관념을 규정하고 설명하며 전달한다. 인간이 언어를 사용한 때부터 폭발적으로 문명을 발전시킬 수 있었던 이유 중 하나도 이런 특성 때문이다. 물론 다른 여러 가지 유희 활동은 다양한 감정을 체험하게 해주지만, 그 감정을 규정하고 이야기할 수 있도록 해주는 도구는 언어뿐이다. 직접 체험되는 감정은 언어로 그 형태를 갖출 때만 사유의 계기가 된다. 언어만이 다룰 수 있는 고도의 추상성은, 도달하기 어려운 만큼 그에 값하는 큰 재미를 선사해 준다.

가장 극도의 추상성을 다루는 학문이 철학이다. 요슈타인 가아더의 비유를 빌리자면, 철학을 공부하는 일은 푹신하고 아늑했던 토끼털의 안쪽 자리에서 벗어나

털의 가장 끝, 아슬아슬한 그곳에 매달려 더 넓은 세계를 보는 일이다. 당연하게 생각했던 관념에 이의를 제기하고 익숙하게 느꼈던 감각에 의문을 가지는 순간부터 우리는 — 피곤해지는 동시에 — 정신적으로 고양되는 기분을 느낄 수 있다. 이건 정말이지 마약 같은 기분이다(물론 마약을 해본 적은 없다). 사람들이 농담 반 진담 반으로 쓰는 '철학 뽕'이라는 말은 꽤 그럴듯한 표현인 셈이다(뽕도 해보고 철학 뽕도 맞아보신 분의 제보를 부탁드린다). 정신이 하늘로 계속 계속 솟아올라서 사물도 인간도 초월하고, 시간과 공간 위에서 세상을 바라보는 느낌이라고 표현하면 비슷할까. 그래서 나는 인간이 신의 시선을 잠시나마 체험할 수 있는 유일한 방법이 철학이라고 생각한다.

굳이 철학까지 가지 않더라도 책을 읽는 일은 평소에 잘 쓰지 않는 '추상 근육'을 쓰는 행위다. 여러분이 책을 읽을 때만 느끼는 피곤함은 여기에서 기인한다. 인간에게만 주어진 이 능력을 쓰는 데에 익숙해질수록 책을 읽는 일이 점점 더 즐거워질 것이다. 머릿속에 창조한 세계가 점점 더 풍요로워지고, 지식을 받아들이는 속도가 빨라지며, 자신과 책의 의견을 교환하는 폭이

넓어진다. 이 능력은 한 번 획득하면 쉽게 퇴보하지 않는다. 그런 면에서 책은 가장 지속성이 높은 유희 활동이기도 하다.

독서는 돈도 비교적 적게 들고, 드는 돈에 비해 누릴 수 있는 유희의 크기가 크며, 질이 높다. 물론 책이 제공하는 유희를 온전히 즐기기까지는 어느 정도의 훈련이 필요하지만, 일단 그 허들을 넘기면 그 뒤로는 죽을 때까지 배신하지 않는 재미를 보장한다. 죽을 때까지 세상의 모든 책을 다 읽을 수 없을 정도로 자원이 풍부하기까지 하다. 오히려 읽으면 읽을수록 읽을 책이 늘어나는 마법을 경험할 수 있다.

게임

게임은 기본적으로 반복과 변주로 이루어져 있다. 같은 패턴이 반복되지만 조금씩 그 내용이나 방식이 변형된다. 난이도가 올라갈 수도 있고, 구체적인 사건이나 적이 바뀔 수도 있지만, 결국 하나의 게임에서 요구하는 능력은 한 가지다. FPS 게임이라면 전략적인 판단하에 정확히 총을 쏘는 능력일 테고, 퍼즐 게임이라면 단시간에 더 효율적인 수를 찾는 능력일 테다. 그래서 게이머들은 하나의 게임에서 다른 게임으로 옮겨가며 새로운 즐거움을 찾는다.

책도 게임과 비슷한 데가 있다. 책에도 패턴이 있다. 특정 책들에 존재하는 패턴을 파악하면 책을 읽는 속도가 빨라진다. 하지만 아무리 책을 많이 읽어도 새로운 패턴의 책은 늘 존재하고, 심지어 그런 책들은 보통 고전으로 인정되는 어려운 책인 경우가 많다. 레벨업을 아무리 해도 만렙을 찍을 수는 없으며, 레벨업 과정은 까다로운 만큼 즐겁다. 단순히 지식이 늘어나는 즐거움이 아니라, 대리 체험할 수 있는 삶의 수가 늘어난다는, 아주 고차원적이고 본질적이며 오래 가는 즐거움이다. 새로운 게임을 찾고 찾는 일을 반복하는 이들에게 함께 즐거운 레벨업을 하자고 권해보자.

유튜브

조금 과장해서, 우리나라에는 크게 두 가지 종류의 사람이 있다. 유튜브를 보는 사람과 그렇지 않은 사람. 시간이 흘러도 유튜브는 존재하거나, 최소한 유튜브를 대체할 만한 서비스가 존재할 것이다. 이렇게 자신만만한 데는 이유가 있다. 유튜브를 즐기는 이라면 알겠지만 이만한 개미지옥이 없다. 이미 셀 수 없이 많은 양의 영상이 올라와 있고, 내가 즐겨 보는 영상에 맞추어 추천 영상도 제공해 주니 도무지 빠져나갈 길이 없다. 게다가 날이 갈수록 영상의 질이 높아져 웬만한 텔레비전 프로그램보다 뛰어난 영상도 종종 올라온다. 유튜브를 이렇게 열심히 보지 않았다면 책을 다루는 유튜브 채널을 시작할 생각조차 하지 못했을 것이다.

그럼에도 불구하고 책이 더 나은 이유는 첫째로, 조금 실없어 보일지도 모르지만 비교적 몸을 덜 피로하게 하기 때문이다. 이건 경험에서 나오는 이야기다. 컴퓨터로 보든, 핸드폰으로 보든, 유튜브 영상을 오랫동안 보면 눈과 머리가 아파지기 시작한다. 이어폰을 사용한다면 귀의 아픔은 덤이다. 특히 일상을 다루는 채널을 많이 보다 보면 화면이 계속 흔들려 어지러운 느낌이 든다. 게임 영상도 마찬가지다. 이걸 경험해 보려면 하루에 8시간을 해보면 된다(해봤다는 말이다). 같은 영상물이어도 유튜브가 TV보다 무서운 건, 유튜브는 서서도,

앉아서도, 누워서도, 걸으면서도 볼 수 있다는 점이다. 정리된 영상을 보여주는 TV 방송과는 다르게 정신없이 돌아가는 화면을 말이다. 하지만 책은 여러분의 눈도 귀도 괴롭히지 않는다. 멀미가 나지도 않고, 블루라이트가 나오지도 않는다.

이건 두 번째 이유와도 연결된다. 유튜브는 문법이 정해지지 않은 매체다. 그것이 유튜브의 다양성을 담보하기도 하지만, 시청자 입장에서는 질이 떨어지는 영상을 굳이 보는 수고를 들였다가 후회하는 경우도 종종 발생한다. 반대로 그러한 다양성에도 불구하고 사람들이 많이 보는 채널 몇 개에 조회수가 몰리는 현상 역시 발생한다. 하지만 책은 오랜 시간의 역사를 가진 매체답게 오랜 시간 좋은 평가를 받았다면 일정 수준 이상의 퀄리티를 보장하며, 다양성 역시 풍부하게 갖추고 있다. 여러분, 구관이 명관이다. 구관은 여러분을 배신하지 않는다.

영상이 주는 정보를 활자로 읽었을 때 훨씬 빠르고 구조적이라는 점도 장점이다. 같은 지식을 영상으로 볼 때는 더 오랜 시간이 필요하고, 지식의 체계를 파악하기 쉽지 않다. 책은 많은 내용을 압축하여 전달하는 데다가 그 지식이 전체 지식에서 어느 정도의 위치에 있는지 그 위치 감각을 얻을 수도 있다. 이것은 내가 무엇을 알고 무엇을 모르는지에 대한 감각을 얻을 수 있다는 뜻이기도 하다. 유튜브도 좋지만, 책도 함께 애용하며 유익한 시간을 보내보자.

소셜미디어

만약 유튜브를 보지 않는 사람이라면 핸드폰에서 손가락이 가장 많이 향하는 아이콘은 소셜미디어 아이콘일 것이다. 유튜브만큼이나 눈이 아프다는 사실은 차치하고, 솔직히 말해 소셜미디어는 이기기 쉽지 않은 상대이다. 소셜미디어의 가장 강력한 힘은 끊임없이 업데이트되는 새로운 소식이다. 잠시만 눈을 돌려도 새로운 소식이 올라와 있고, 현실에서는 직접 만나보지 못할 수많은 사람의 말과 사진을 터치 몇 번으로 확인할 수도 있다. 댓글로 수다를 떨 수도 있고, 사진으로 자랑을 할 수도 있다. 결국 소셜미디어는 그 이름 그대로, 사람들과 연결된다는 느낌으로 사람들을 끌어모은다.

하지만 그렇기에 소셜미디어는 그만큼 공허하다. 새벽 세 시에 소셜미디어에 들어가 본 적이 있는가? 정말 아무도 없다. 정말 아무도 없다, 고 말하는 사람들만 몇 있을 뿐이다. 사진도 계속 보면 지겹고, 댓글도 어느 순간부터는 올라오지 않는다. 결국 내가 아는 내 삶의 이야기만 남는 공허한 시간은 반드시 온다. 이때 손이 가는 도피처 하나 정도는 만들어두면 좋지 않겠는가. 피할 수 없는 고독의 시간에 자신과 마주하기 무서운 사람들에게 책을 권해보자. 소셜미디어에 돌아다니는 여러 이야기, 때로는 통쾌함을 때로는 분노를 선사하는 그런 이야기들은, 이미 잔뜩 준비되어 있다. 책에 말이다.

이상한 일이다. 게임도 TV도 컴퓨터도 핸드폰도 한참 하면 공허한데, 책은 그렇지가 않다. 하루 종일 컴퓨터만 하다가 침대에 누웠을 때, 침대에 누워 한참 동안 핸드폰을 만지다가 화면을 껐을 때 조용한 마음에 이상하게 들어차는 그 허전한 느낌을 여러분도 알 것이다. 어딘가에 말을 걸고 싶고 무언가 충만한 일을 하고 싶을 때, 책은 늘 그 자리에 있다. 여러분이 손만 뻗는다면.

책을 읽는 목적과 방법

책을 읽는 목적은 다양하고, 그 목적은 꼭 한 가지로 제한되지 않는다. 강유원 박사는《인문 고전 강의》에서 독서의 차원을 세 가지로 정리했다. 첫 번째는 호기심 차원, 두 번째는 쾌락적 차원, 세 번째는 구조적 차원이다.

호기심 차원의 독서는 말 그대로 호기심을 충족하는 것을 목적으로 삼는 독서다. 우주가 궁금하다면 우주물리학 책을, 언어학이 궁금하다면 언어학책을 읽는 식이다. 요새는 스마트폰에서 검색하면 그만이지만, 한 가지 주제에 대해 체계적이고 자세한 정보를 얻기 가장 좋은 매체는 여전히 책이다.

쾌락적 차원의 독서는 즐거움을 얻기 위한 독서다. 책의 내용으로부터, 혹은 문체로부터 재미를 느끼는 독서를 가리킨다.

마지막으로 구조적 독서는 교훈과 메시지를 얻기 위한 독서다. 고전으로부터 이상적 인간에 대한 본本을 얻거나, 자기계발서를 읽음으로써 자신을 변화시키는 경우를 가리킨다. 강유원 박사는 좋은 독서가란 이 세 가지 차원을 마음껏 넘나들며 책을 읽는 독서가라고 말한다.

시중에 나오는 독서법 책의 대부분은 구조적 독서를 목표로 하는 독자들을 위한 책이다. 책을 많이 읽어서 유식해지고, 삶에 대한 통찰을 얻고, 현재 살고 있는 삶을 변화시키고자 하는 독자들 말이다. 그들은 막연히 책을 많이 읽으면 자기 삶이 바뀔 거라고 믿는다. '천 권을 읽으면 삶이 근본적으로 변화한다'는 달콤한 속삭임은 독서법 마케팅의 주요 수단이다.

천 권을 읽으면 정말 삶이 바뀔까. 그럴지도 모른다. 독서에 익숙해지는 데에 있어서 독서량이 중요한 것도 사실이다. 하지만 책을 많이 읽는다고 해서 곧바로 돈을 많이 버는 사람이 되는 것도, 갑자기 훌륭한 위인이 되는 것도 아니다. 어떤 책을 읽느냐에 따라 다르겠지만 오히려 그런 방향과는 멀어질 확률이 높다. 책을 많이 읽었을 때 삶이 바뀐다는 것은, 인생에서 지속 가능성이 가장 높으며, 사유 능력과 공감 능력을 증대시키고, 질적으로 훌륭한 차원의 쾌감을 주는 취미를 가지게 된다는 것이다. 그리고 그런 취미를 가지기 위해서는 그때그때 최선을 다해 책을 즐기는 게 최고다.

내가 책에서 얻은 즐거움이란 이런 것들이다: 《나의 라임오렌지 나무》를 읽고 나서 펑펑 흘린 눈물. 《피에르 메나르, 돈키호테의 저자》를 읽고 뒤통수가 짜릿했던 지적 쾌감. 《예감은 틀리지 않는다》를 읽고 실감한 삶의 회한. 《엘러건트 유니버스》를 읽고 느낀 우주의 아득함. 《고래》의 장돌뱅이가 들려주는 것 같은 힘 있는 서사의 장쾌함. 《음식의 언어》가 보여주는 문화의 교류 과정에 대한 놀라움. 《검은 고양이》를 읽으며 느낀 공포. 《백년의 고독》을 읽은 뒤 뒤통수를 망치로 두들겨 맞은 듯했던 멍함. 《단지》가 선사한 아픔. 《이갈리아의 딸들》을 읽으며 느낀 통쾌함. 《SKEPTIC》이 보여주는 과학적 사고방식의 정합성. 《새들은 페루에 가서 죽다》를 읽으며 입에 씁쓸하게 남은 외로움. 《모든 범죄는 흔적을 남긴다》

를 읽으며 들었던 인간 본성에 대한 고민. 《운명》을 읽고 마침내 인정한 삶의 도피 불가능성.

그러니 내가 사람들에게 책을 권할 때, 나는 이렇게 말하고 있는 것이다. '내가 느낀 이 다채로운 즐거움을 당신도 느껴보길 바라요.' 책을 많이 읽어서 삶이 근본적으로 변화하는 게 맞다면, 나는 그 많은 책으로부터 얻은 다양한 감정과 사유가 그 사람을 변화시킨 것이라고 생각한다. 그러니 책을 제대로 읽고 싶다면 책을 '빨리 많이' 읽기보다는 '천천히 많이' 읽기를 권하고 싶다. 어느 세월에? 책은 평생 당신을 배신하지 않는 친구가 되어줄 테니 걱정하지 않아도 된다.

우리는 자동차를 탈 때와 자전거를 탈 때, 그리고 걸을 때 어떤 풍경을 볼 수 있는지 잘 알고 있다. 자동차를 운전할 때 우리는 비교적 목적에 충실하다. 목적지를 정해놓고 내비게이션이 안내하는 길을 따라 달리는 것이다. 종종 목적지 없이 드라이브를 '즐길' 때, 우리는 주변의 구체적인 풍경보다는 여유롭게 달리고 있는 자신의 상황에 집중한다. 그보다 조금 속도가 느린 자전거는 풍경을 조금 더 자세히 볼 수 있게 해준다. 자전거를 타고 가다 예쁜 꽃을 보면 곧바로 멈춰 서서 원하는 만큼 들여다볼 수 있다. 다리만 버텨준다면 연료도 필요하지 않다. 자동차도 자전거도 없이 걸을 때, 우리는 천천히 세계를 탐색해 나간다. 걷고 있는 땅과, 앞에 펼쳐진 풍경과, 옆의 가로수, 위에 펼쳐진 하늘, 구석진 곳에 있는 작은 돌, 날아다니는 작은 벌레, 그 모든 것을 순간의 일부로 받아들인다. 이 세 가지 이동 방식의 차이는 정확히 독서의 차이와 같다.

책을 읽을 때, 되도록 걷거나 자전거를 타는 정도에서 즐기기를 권하고 싶다. 걷는 독서는 책과 꼼꼼히 대화하는 독서다. 문장이 의미하는 바를 정확히 이해하고 곱씹으며 읽는 것이다. 한 귀퉁이를 빌려 저자에게 질문을 하고, 기억하고 싶은 구절은 밑줄을 쳐둔다. 이 구절이 지금의 내 인생과 어떤 관계를 맺을 수 있을지 생각한다. 나와 다른 생각을 숙고하고 받아들이거나, 인정하거나, 반박해 본다. 그러다 자전거를 타듯, 조금 속도를 내어 읽다가 눈에 걸리는 구절에서 멈춰 서서 자세히 바라본다. 충분히 사유한 후에 다시 페달을 밟는다. 너무 느리지도 빠르지도 않은 속도로, 완전히 책에 빠져든 상태로 읽어나간다. 푹 빠져서 읽되, 전체 내용을 조망할 수 있는 시선은 잃지 않는다. 앞을 보고 페달을 밟아야 내가 온 길과 갈 길을 알 수 있다.

너무 추상적인 설명이지만, 책마다 난이도와 요구하는 바가 모두 달라 하나로 꿰어 말하기는 어렵다. 다만 한 시간에 책 한 권을 독파하겠다거나 올해 500권의 책을 읽겠다거나 하는 목표보다는, '매일 읽겠다'는 목표가 여러분을 더욱 충실한 독자로 만들어줄 것이라고 생각한다. 한 페이지라도, 한 챕터라도, 매일 읽는 것이 활자와 친해지는 가장 좋은 방법이다. 손 닿는 곳마다 책을 두고 비는 시간마다 잠깐씩 읽는 꾸준함이 정말로 여러분을 '바꿀' 것이다.

책에 인생의 진리 같은 것은 들어있지 않다. 대신 책은 사유를 확장하고, 자신이 진리라고 주장하는 여러 의견을 검토할 수 있는 능력을 길러준다. 문학 작품을 읽을 때는 충분히 빠져들어서 읽고, 교양서를 읽을 때는 흥미를 느끼고 정보를 받아들이되 의심을 거두지 않는 독서가 여러분을 아주 오래된 이 책벌레들의 세계로 인도할 것이다. 책을 탐식하고, 미식하고, 그래서 한 마리 벌레가 되더라도 오랫동안 두고 사랑할 인간의 정신이 늘 같은 자리에 있으니, 부디 여러분, 세상에 대한 호기심을 잃지 마시고, 호기심을 잃거든 책이 선사한 회한과 우울의 바다에 빠져보시고, 그게 질리거든 즐거움의 바다에 빠져, 그렇게 오며 가며 오래도록 행복하시길.

교양서 읽기

많은 독자가 한 가지 분야를 편식하는 경향이 있는 듯하다. 소설의 서사를 따라가는 독서를 즐기는 독자들은 교양서가 쉴 새 없이 던져주는 설명을 받아먹기를 부담스러워한다. 교양서만 읽는 독자들은 소설이 요구하는 감정이입을 부담스러워한다. 그러나 독서로부터 얻을 수 있는 가장 좋은 능력은 서로 다른 영역의 정보와 감정을 연결하는 능력이다. 문학 작품만 읽는 독자들은 교양서 읽기의, 교양서만 읽는 독자들은 문학 읽기의 매력을 느껴봤으면 한다. 소설과 교양서 못지않게 편식하는 독자들이 많기로 유명한 자기계발서는 애초에 진입장벽이 낮고, 필요에 따라 읽는 경우가 많으므로 생략한다(자기계발서만 읽는 독자들은 애초에 이 책을 읽지 않을 가능성이 높으리라 생각한다).

교양서는 아주 크게 두 가지로 나눌 수 있다. 인문교양서와 과학교양서다. 이 두 분야를 놓고도 편식을 하는 독자들이 적지 않은 것으로 안다. 인문교양서는 좋아하지만 과학교양서는 전혀 읽지 않는다든가, 과학교양서는 좋아하지만 인문교양서에는 관심이 없는 식이다. 그런 독자들에게는 이 구분을 넘어서기를 권유하고 싶다. 훌륭한 과학자들은 깊은 사유 능력을 지니고 있다. 매우 추상적인 과학은 그 자체로 이미 하나의 철학이기 때문이다. 하이젠베르크의 《부분과 전체》에는 하이젠베르크가 불확정성 원리를 구상하고 연구하는 데에 있어 플라톤과 칸트 등의 철학이 어떤 영향을 주었는지 잘 나타나 있다. 반대로 플라톤이 《티마이오스》에서 세상의 구성 원리에 대해 가졌던 관심은 지극히 과학적이다.

> 과학은 결국 사람이 만든다. 이런 자명한 사실은 잊어버리기 쉽다. 이런 사실을 기억한다면 두 문화, 즉 정신과학—예술적 문화와 기술—과 자연과학 사이의 간극을 약간이나마 줄일 수 있지 않을까? (…) 이 책에 나오는 대화는 원자물리학에 관한 것만은 아니다. 인간적, 철학적, 정치적 주제들도 종

> 종 도마 위에 오른다. 자연과학은 이런 일반적인 문제들과 불가분의 관계에 있기 때문이다. 나는 그 사실이 분명히 드러나기를 바란다.
>
> — 베르너 하이젠베르크, 《부분과 전체》 中

이 시대에 과학을 모르고 세상을 이해한다는 것은 불가능하다. 어떤 시대라도 인문학 없이 세상을 이해하는 것이 불가능하듯.

인문교양서에 관해 설명하기 위해서는 인문학이 무엇인지를 정의해야 한다. 흔히 문학, 역사, 철학 세 가지 분야를 인문학으로 규정한다. 인간과 사회의 본질과 특성을 통찰하고 앞으로 나아가야 할 방향을 제시하는 것이 인문학의 역할이다. 역사는 통시적으로 인간이 살아온 삶을 살펴보고, 철학은 시대마다 등장했던 정신을, 문학은 등장했던 작품을 연구한다. 이 중 문학은 소설이나 시 등 별도의 장르로 분류되나, 문학을 연구한 서적은 인문교양서에 속한다. 비교적 나중에 — 18세기에서 19세기에 — 발명된 학문 분과인 사회과학 분야의 서적 역시 내용에 따라 인문교양서에 속하기도 한다.

이러한 특성에 따라 인문교양서는 명확한 답을 주기보다는 다루는 주제에 대해 의견과 해석을 제시한다('인문학'이라는 꼬리표를 달고 있으면서 인생의 문제에 대해 확실한 답을 준다고 자랑하는 책들은 엄밀히 말해 자기계발서에 가깝다). 인문학은 그 태생부터가 한 가지 진리로 귀결되지 않는 학문이기 때문이다. 아니, 더 나아가 한 가지 진리로 귀결되기를 거부하는 학문이기 때문이다. 역사에 정답이 있던가? 철학에 진리가 있던가? 인문교양서가 할 수 있는 일은 한 가지 혹은 다양한 관점을 소개하고, 그에 대한 저자의 견해를 밝힘으로써, 독자에게 생각할 거리를 던져주는 것이다. 그래서 인문교양서를 읽는 독자들은 책이 제시하는 정보와 의견을 면밀히 살펴보고 저자에게 질문을 하며 자신의 사유를 정리하는 과정을 거쳐야 한다.

인문교양서를 읽을 때는 책에서 다루고 있는 시기가 언제인지를 확인하는 편이 좋다. 사람의 정신은 속한 시대에 영향을 받기 때문이다.

물론 절대적인 무전제성이란 있을 수가 없고, 또 앞으로도

> 있을 수가 없을 것이다. 그 이유는 모든 정신과학자들은 그 시대의 아들이어서, 자기 자신의 척도를 넘어설 수가 없으며, 특히 자기 자신도 절대로 의식하지 못하는 궁극적 세계관적 가치판단과 태도 결정에 의해서 항상 판단을 내리고 있기 때문이다. 그러나 그렇다고 해서 무전제성을 완전히 단념하지 않으면 안 된다고 할 수 없다. 우리는 오히려 이 객관성을 일종의 이상으로서 꽉 붙들고 있어야만 한다.
>
> —토마스 힐쉬베르거, 《서양철학사》 中

모든 진리는 그 시대의 자녀*Veritas, filia temporis*다. 역사를 달달 외우고 있을 필요는 없지만, 책에서 다루는 주제의 시대가 언제인지 파악하면 더욱 풍요로운 독서가 가능하다. 책에 등장하는 철학자는 언제 사람인지, 그 시대는 어떤 시대였는지, 무슨 일이 있었는지, 그 시대를 어떻게 넘어서려고 한 것인지 한번 찾아보자.

또한 모든 진리는 시대의 자녀인 동시에, 위의 인용문에서도 말하듯, 보편성을 갖추기 위한 노력을 통해 제시되어 왔다. 그러므로 어떤 철학적, 사회학적, 역사적 이론을 마주할 때 우리는 그 이론이 객관성을 목표로 했다는 것 역시 잊지 말아야 한다. 해당 주제가 지금의 우리에게는 어떤 의미를 지니는지, 인간의 어떤 보편적인 부분을 건드리고 있는지, 그것이 우리에게 무엇을 시사하는지도 함께 생각해 보자. 말하자면 인문학의 과정은 변하는 땅에 발을 붙이고 변하지 않는 하늘을 바라보는 과정이다.

과학교양서는 쉽게 말해 과학과 수학, 공학 분야를 다루는 교양서다. 학문 분과가 세분되고 전문화되면서 접근하기 어려워진 정보를 대중이 이해할 수 있게 쓴 책들이라고 할 수 있다. 인문교양서와는 달리 현재까지 밝혀진 과학적 사실을 설명하는 데에 대부분을 할애한다. 물론 과학 역시 영원한 진리를 담보하지는 않으며, 기존의 이론에 대한 반증이 충분히 이루어지면 기존의 이론은 폐기된다. 반증에 의한 이론의 폐기, 이것이 과학의 가장 큰 특성이라고 말해도 좋을 정도다. 그래서 과학교양서에서 다루는 과학적 사실들은 현재까지 반증이 이루어지지 않았거나, 반증이 있음에도 저자가 원하는 연구 결과를 취사선택한 사실들이다. 수학이나 공학 분야를 다루는 경우에는 이미 정립된 사실, 최소한 실용성에 기반을 두므로 순수과학과는 달리 실질적인 지식에 가까울 수 있다. 따라서 과학교양서 중에서도 계속해서 새로운 연구 결과가 나오고 있는 분야의 책을 읽을 때는 조심할 필요가 있다. 특히 뇌과학 분야가 그렇다. 뇌과학은 마치 인간을 뼛속까지 설명할 수 있는 전능한 학문처럼 보이지만, 연구 결과가 다른 연구에 의해 반박되는 경우는 현재도 수없이 많다. 또한 연구자가 가진 편견 때문에 실험의 초기 설계가 왜곡되는 경우도 있다. 그 과정을 거쳐 사실로 증명된 것과, 여전히 사실에 가까워지고 있는 것들이 함께 존재한다. 이러한 과정을 이해하고 책을 비판적으로 읽기 위해서는 과학의 연구방법론에 대한 기본적인 지식을 갖출 필요가 있다.

많은 자연과학 및 사회과학 연구 방법 중에서도 심리학이 주로 선택하는 연구방법론에 관해 이야기하고자 한다. 수많은 신문 기사와 책이 쏟아져 나오는 분야이면서, 동시에 독자가 연구 결과를 곧바로 차용하여 세상을 해석할 위험성이 높은 분야이기 때문이다. 심리학 연구들은 가설을 세우는 데에서 시작한다. 앞서 하이젠베르크의 인용문에도 나오듯, 과학 역시 사람이 하는 것이다. 가설은 연구자가 만든다. 그리고 연구의 목표는 '가설이 참임을 증명하는 것'이다. 가설이 참인지 거짓인지 알아보는 게 아니다. 원한 결과가 나오지 않는다고 해서 가설이 곧바로 '거짓'이 되지는 않기 때문이다. 원했던 결과가 나오면 가설이 '참일 확률이 높은' 것이고, 원했던 결과가 나오지 않으면 가설은 기각되거나 수정된다.

검증 가능한 가설을 세우기 위해서는 일단 추상적인 개념을 구체적인 숫자로 바꾼다. '참을성'을 어떻게 측정할 것인가? '그리움'을 어떻게 측정할 것인가? '행복'은? '사랑'은? 이 개념의 변환을 얼마나 훌륭하게 해냈는지에 따라 연구의 질이 달라진다. 아주 쉽게 '행복'을 '일정 시간 동안 웃는 횟수'로 변환할 수도 있고, 혹은 좀 더 기발한 방법을 고안해 낼 수도 있다.

다음으로 사람을 모아 집단을 나눈다. 예를 들어 점화 효과*priming effect*를 실험하기 위해, 한 집단에는 중립적인 단어로 문장을 만들게 하고, 다른 집단에는 노인과 연관된 단어를 섞어 문장을 만들게 한다. 이후 피험자에게 알리지 않고 '실험 후 엘리베이터까지 걸어가는 데에 걸리는 시간'을 잰다(John Bargh, 1995). 여기서 중요한 것은 주어진 단어 외에는 두 집단 사이에 차이가 없어야 한다는 것이다. 성별이나 나이, 건강 상태 등 결과에 영향을 미칠 만한 다른 변인들을 최대한 통제하는 것이 성공적인 연구의 관건이다. 그러기 위해 연구자들은 무작위로 피험자를 뽑아 최대한 집단 간 차이를 줄이는 방식을 주로 쓴다.

결과를 얻기 위해 두 집단의 측정 결과를 통계 처리한다. 통계적으로 유의미한 차이가 있는지 알아보기 위해서는 복잡한 계산 과정을 거쳐야 한다. 가장 많이 사용하는 방법이 p값을 구하는 것인데, p값이란 '가설이 옳다고 가정할 때 이에 어긋나는 극단적인 결과를 얻을 확률'을 의미한다. 현재의 기준은 $p<.05$이지만 최근 통계학자들은 p값의 기준을 낮추자는 제안을 하고 있다. 현재의 기준으로는 가설 없이 현상만을 수집하여 p값을 내는 이른바 'p해킹'이 가능하기 때문이다. 그래서 몇몇 통계학자들은 현재보다 훨씬 어려운 기준인 $p<.005$를 기준으로 삼을 것을 주장한다. p값 사용을 금지한 심리학 저널까지 생겼다. 무엇보다 과학의 연구 결과로 입증되기 위한 최종 허들이 합의를 통해 결정되었다는 점은 생각해 볼 여지가 있다.

과학은 한계를 안고 있다. 과학도 사람이 하는 것이

기 때문이다. 《마시멜로 이야기》에 등장하는 유명한 연구 이후 수많은 추가 연구가 이루어졌지만, 우리의 머릿속에 남은 것은 '마시멜로를 먹지 않고 기다린 어린이가 이후 성공적인 삶을 살았다'는 성공 신화뿐이다. 마시멜로를 먹은 아이들의 가정환경이 어땠는지, 형제 관계는 어땠는지, 어느 지역 출신인지에 관심을 가지는 사람은 그리 많지 않다. 과학교양서, 특히 뇌과학이나 심리학 교양서를 읽을 때, 우리는 멈추어 생각해 봐야 한다. 엘리베이터까지 걸어가는 게 그냥 힘들어서 그런 것은 아닌가? 허리가 아픈 사람은 없었나? 두 집단의 원래 걷는 속도는 비슷했나? 다리 길이는? 여기서는 비교적 단순한 과정으로 설명했지만, 기본적으로 모든 연구는 이보다 더 복잡한 과정을 거치며, 각 과정에는 편향과 오류가 발생할 확률이 늘 있기 때문이다. 게다가 책의 저자가 어떤 논문을 선택해 어떻게 설명하느냐에 따라 같은 주제에 대해서도 다른 결론을 끌어낼 수 있다. 물론 과학만큼 객관성을 보장하는 학문은 없으며, 앞으로도 없을 것이다. 명확히 밝히겠다. 위에서 설명한 주의 사항은 과학의 권위에 대한 위협이 아니다. 이것은 '안아키(약 안 쓰고 아이 키우기)'의 주장이 맞다는 뜻이 결코 아니다(안아키를 비롯한 반反 과학적 음모론들은 애초에 검증 가능성이나 반증 가능성이라는 최소한의 요구조차 지키지 않는, 과학 외의 것이다). 나는 논문의 권위를 믿으며 과학의 합리성을 믿는다. 과학에서의 연구 결과만이 엄정한 검증 요구에 시달린다. 그것은 곧 과학의 사고방식이 검증에 기초해 있다는 뜻이다.

비판적 읽기에 익숙하지 않은 독자들에게 이런 것이 존재한다는 사실을 알리고자 하는 마음으로 쓴 것이니, 부디 독자 여러분의 책 읽기에 도움이 되기를 빈다.

소설과 시 읽기

누구에게나 각자의 마음에 와닿는 시와 소설이 있다. 특별히 읽는 방법이 정해진 것도 아니고, 우리나라에 번역되어 출간되는 해외 소설은 대부분 수준이 떨어지지도 않는다. 손이 가는 책을 골라 읽어보고 마음에 들지 않는다면 다른 작가의 책을 읽어보면 된다. 그래서 이 장에서는 특별히 읽는 방법보다는, 다시금, 시시콜콜한 이야기를 해볼까 한다.

소설

나는 한국 소설을 많이 읽지 않는다. 책을 소개한다는 사람이 부끄럽게도 한국 소설 추천을 부탁받으면 할 말이 없다. 살면서 읽은 대부분의 한국 소설은 교과서에서 읽은 작품이거나, 어쩌다가 추천을 받아 읽게 된 작품들이다. 그래서 책장에 꽂힌 한국 소설가의 책 역시 많지 않다. 그래도 꼽아본다면 한강 작가의 소설을 좋아하고, 정미경, 김중혁, 천명관, 양귀자 작가를 좋아한다. 모두 세 편 이상의 소설을 읽어본 작가들이다.

개인적으로 선호하는 소설은 아시아와 영미 소설을 제외한 국가, 이를테면 유럽이나 남미권의 소설이다. 맛에 대한 취향이 학습의 결과이듯이, 책에 대한 취향도 학습의 결과다. 어릴 때부터 조금씩 형성되어온 호오가 쌓여 지금의 취향을 만들었다. 이건 정말로 탐식의 과정과 비슷하다. 예를 들면 처음 읽은 남미 소설이 가브리엘 가르시아 마르케스의 《백년의 고독》이었는데, 태어나서 처음 먹어보는데 눈이 튀어나올 만큼 맛있는, 그런 음식을 먹었을 때의 기분이었다. '세상에 이런 맛이 있었단 말이야? 왜 나에게 아무도 얘기해주지 않았어!' 그러고는 보르헤스의 유명한 작품을 몰아서 읽었고, 조금 건너가서 주제 사라마구의 소설을 읽었다. 마리오 바르가스 요사는 아직 못 읽어봤지만 늘 나의 '읽어야 할 책' 목록 상위권에 올라 있다. 말하자면 이건 우리나라 치킨에 반한 외국인이 양념치킨과 마늘치킨, 간장치킨을 정복해나가는 과정과 비슷하다(치킨에 비유 당한 작가분들께 사과의 말씀을 드린다 취향은 앞으로도 언제든지 바뀔 수 있으며, 또한 바뀌기를 바란다. 수십 년 동안 비슷한 분위기의 소설만 읽는 건 지겨운 일일 테니까.

중학교 때 일본 소설에 꽂혀 고등학교 때까지 일본 소설을 자주 읽었지만 지금은 거의 읽지 않는다. 일본 소설을 마구 읽는 인생의 한 시절이 책을 읽는 누구에게나 있는 듯하다. 에쿠니 가오리, 무라카미 하루키, 츠지 히토나리, 요시모토 바나나 등 그때 읽은 수많은 작가 중 지금까지 읽는 작가는 무라카미 하루키뿐이다. 중국 소설은 아직 접해본 적이 없고, 영미 소설은 작가에 따라 크게 취향을 탄다. 조지 오웰의 소설은 좋아하지만 코맥 매카시의 소설에는 손이 잘 가지 않는다. 제임스 조이스와 레이먼드 카버는 좋아하지만 레이먼드 챈들러는 여전히 힘들다. 심지어 나는 로빈 쿡을 엄청나게 좋아한다(일종의 길티플레져로 생각하고 있다). 문제는 국적이 아니라 하드보일드한 문체라는 게 여기서 드러난다.

하드보일드 스타일. 철저히 사건 묘사와 대화로 이

루어지는 문체. 계란도 하드보일드(완숙의 영어 표현)로는 먹지 않는다. 완숙으로 삶아야만 진실된 계란의 모습이 드러난다고 해도, 굳이 삶의 진실을 그런 방식으로 알고 싶지는 않다. 내가 사랑하는 문체는 여기서 좋아한다고 밝히는 작가들의 문체다. 주제 사라마구 특유의 신화적이면서 판소리 같은 문체도 좋아하고, 무라카미 하루키 특유의 혼잣말을 하는 듯한 문체도 좋아한다. 한강 작가의 조곤조곤하면서도 결심이 선 문체 역시 좋아한다. 작가들의 문체에는 작가의 분위기와 성격이 담기곤 해서, 문체를 보면 어쩐지 숨길 수 없는 작가의 내면을 들여다보는 기분이 든다. 자신만의 문체를 확립한 작가들의 소설은 마음속에 문체로, 소설을 감싸는 분위기로 기억된다.

반대로 문체보다 줄거리가 먼저 떠오르는 소설이 있다. 여기에 속하는 대표적인 장르가 추리 소설이다. 셜록 홈스 전집, 아르센 뤼팽 전집, 아가사 크리스티 전집을 미친 듯이 읽던 한때가 있었다. 초등학생 때였는지 중학생 때였는지. 추리 소설과 공포 소설에 얼마나 꽂혔던지 로빈 쿡도 그때 읽었고, 〈링〉 시리즈도 그때 세 번이나 읽었다. 이건 전부 여덟 살 때 만화방에서 〈소년탐정 김전일〉을 빌려온 언니 때문이라고 변명해 본다(미성년자 여러분은 읽지 마시기를 바란다. 정서에 심히 좋지 않다). 물론 〈소년탐정 김전일〉은 지금도 새 시리즈가 나올 때마다 읽고 있다. 비슷한 시기에 이영도 작가가 쓴 판타지 소설도 잔뜩 읽었고, 그때 전민희 작가의 〈룬의 아이들〉 시리즈를 얼마나 좋아했는지, 2020년 안에 3부가 나온다고 해서 여태 목이 빠지게 기다리고 있다.

학창 시절 일본 소설도, 판타지 소설도, 추리 소설도 정복하듯 읽었는데, 최근 들어서야 과학 소설을 본격적으로 읽기 시작했다. 일단 아서 클라크와 아이작 아시모프, 로버트 하인라인, 필립 K. 딕 같은 유명한 작가들의 유명한 작품을 위주로 읽고 있다. 앞서 '믿고 사는 작가' 장에서 언급한 테드 창 역시 과학 소설가로 분류된다. 사람에 따라 취향을 꽤 타는 장르지만 그만큼 한번 꽂히면 헤어 나올 수 없다. 아마 그 시작은 초등학생 때 처음 읽은 베르나르 베르베르의 책이었을 것이다. 한국에도 한국과학문학상 공모전까지 생긴 것을 보면, 한국 작가가 쓴 과학 소설을 몰아서 읽을 날도 머지

않은 듯하다.◘

내 소설 탐식의 역사는 해외 소설 탐식의 역사다. 토마스 만, 괴테, 오르한 파묵, 제임스 조이스, 카뮈, 도스토옙스키, 사르트르 같은, 세계문학 시리즈에 꼭 포함되곤 하는 작가의 소설을 읽으며 자랐다. 동시에 이 역사는 남성 소설 탐식의 역사이기도 하다. 그 소설들은 내 피와 살과 뼈의 일부이나, 그중 여성 작가는 많지 않아 한탄스럽다. 훌륭한 소설들이 담보하는 보편성은 물론 잘 알고 있다. 그러나 아주 늦게서야《이갈리아의 딸들》을 읽었을 때, 그동안 내가 얼마나 남성 작가의 시선에 매몰되어 있었는가를 깨달았고 크게 부끄러웠다. 지금 나처럼 소설을 탐식하며 자라나는 청소년들이 있다면 꼭 이야기해 주고 싶다. 너의 피와 살과 뼈에 남성 작가의 시선만이 새겨지게 두지 않았으면 좋겠다고.

기회가 된다면 만나보고 싶은 소설의 주인공들이 몇 명 있다. 절대로 만나보고 싶지 않은 주인공들도 몇 명 있다. 불행이자 다행인 것은, 그 누구도 만나볼 수 없다

◘ 그리고 이제는 한국 작가들의 SF 소설을 챙겨 읽는 성실한 독자가 됐다.

는 것이다. 책을 펼치기 전까지는.

시

더욱 부끄럽게도, 시집을 많이 읽는 독자라고 자신 있게 이야기하기 어렵다. 고등학교 때 교과서에서 만났던 시를 좋아했다. 태어나서 처음으로 좋아했던 시인이 서정주와 백석이었다. 처음 내 돈을 주고 시집을 샀다. 《서정주 시집》. 앞서 문체 이야기를 잠깐 했지만 서정주의 문체는 그때의 나에게 압도적이었다. "스물세 해 동안 나를 키운 건 팔 할이 바람이다." 이런 언어를 구사할 수 있다니.

백석의 시도 뼛속까지 파고들었다. "그 드물다는 굳고 정한 갈매나무라는 나무를 생각하는 것이었다." 고등학교 참고서의 말들, 이를테면 핵심 정리, 주제와 감상, 표현 기법, 이런 말은 하나도 눈에 들어오지 않았다. 시의 언어 앞에서 그런 것들은 정말로 하나도 중요하지 않았다.

대학교 1학년 때 시 창작 수업을 들었다. 최동호 시인의 수업이었다. 매주 시 쓰기 숙제를 받았다. 한 줄 쓰기. 그다음 주엔 두 줄 쓰기. 그다음 주엔 세 줄 쓰기. 그렇게 매주 한두 줄의, 시라고 부를 수 있을지도 모를 글을 쓰며 시 이론을 배웠다. 써온 시를 칠판에 발표하면 학생들과 시인의 피드백을 받을 수 있었다. 한두 번 정도 발표를 했다. 그 수업에서 특강 형식으로 문태준 시인이 와서 강연한 적이 있는데, 맨 앞자리에서 엄청나게 졸아서 죄송스러웠던 기억이 있다. 하지만 수업 후 꿋꿋이 줄을 서서 시집 《맨발》에 사인을 받았다. 당연히 지금도 가지고 있다.

그 수업에서 윤동주 전집 《하늘과 바람과 별과 시》, 박목월 시인이 쓴 《동시의 세계》를 샀다. 《우리 시대 51인의 젊은 시인들》을 읽고 독후감을 써오라고 해서 그때 처음으로 현재 활동 중인 시인들에 대해 알게 됐다. 진은영의 시와 김이듬의 시도 그때 처음 읽었다. 함께 수업을 들었던 전 애인이 이후에 나에게 강성은의 시집을 선물했다. 이 수업을 통해 읽은 작품들이 내 취향을 가늠해 볼 수 있게 해준 셈이다.

여러 가지 경로로 — 주로 시집을 선물 받아서 — 다른 시인들을 알게 되었고, 결과적으로는 기형도, 박준, 심보선, 진은영 시인을 좋아하게 되었다. 기형도의 언어는 백석 이후로 나를 사로잡은 언어였고, 그다음으로 나를 사로잡은 언어가 박준의 언어였다. 대중적인 취향이라고 생각한다. 나에게는 시에서 옥석을 가려낼 심미안이 확고하게 서있지 않다. 다만 나에게 조금 더 와닿는 감각의 언어와 그렇지 않은 언어가 있을 뿐이다. 시에서 시를 쓴 사람이 드러나지 않는 시를 나는 힘들어 한다. 서정주도, 백석도, 기형도도, 박준도, 언어에 자신의 일부분을 기꺼이 새겨둔 사람들이라고, 나는 생각한다. 그리고 그 언어가 충분히 쉽고, 말맛이 좋게 잘 조탁 되어 있다고도 생각한다.

방의 책장에는 서로 다른 시인이 쓴 스무 권 정도의 시집이 꽂혀 있다. 이 정도면 열렬한 시 독자라고 부르기는 어려울 것이다. 하지만 이상하게도, 멍하니 앉아 시집을 들여다보게 될 때가 있다. 그것은 삶의 빈자리마다 시의 언어가 놓여있기 때문일 테다.

두 번째 노트

만남과 동거

만남

나는 책에 둘러싸여서 인생의 첫걸음을 내디뎠으며, 죽을 때도 필경 그렇게 죽게 되리라. 할아버지의 서재는 도처에 책이었다. 그는 일 년에 한 번, 즉 10월에 신학년이 시작되기 직전이 아니면 서재의 먼지도 못 털게 했다. 나는 아직 글을 읽을 줄 몰랐는데도 이 선돌立石들을 존경했다.

— 장 폴 사르트르, 《말》中

책과의 시간

언제부터였을까. 책이 없는 삶을 상상할 수 없게 된 것은. 시간의 다이얼을 돌려보면 대학생 시절에도, 고등학생 시절에도, 중학생 시절에도, 초등학생 시절에도 손 가장 가까이에 책이 있었다. 한 사람의 정체성을 구성하는 것이 기억이라면, 나의 기억은 활자로 구성되어 있다. 인생의 가장 높은 산과 가장 깊은 골에 켜켜이 쌓인 그 활자들은 나를 때로 살게 하기도 했고 살고 싶게 하기도 했다.

책에 관한 가장 오래된 기억은 아홉 살즈음의 기억이다. 집의 책장에는 주인의 취향을 종잡기 힘든 오래된 책들이 꽂혀있었다. 그때 이미 색이 바래있었던 크리슈나무르티의 시집이라든가 헤르만 헤세의 《싯다르타》 같은 낡은 해외 명서, 무술 도장을 하셨던 아버지의 책들, 이를테면 《태극권》, 《쿵푸》 같은 책, 집마다 한 권쯤은 있었을 《마음을 열어주는 101가지 이야기》, 《모리와 함께한 화요일》, 특히 좋아했던 우화집 《세상에서 제일 재미있는 철학》, 몇 가지 엉터리 예언서, 무슨 말인지도 모르고 뒤적이던 《뉴턴》 몇 권, 어느 집에나 있을 법한 《코스모스》, 예술고등학교 연극영화과에 다니던 언니가 구독해서 잔뜩 쌓여있던 〈씨네21〉, 〈키노〉 같은 잡지, 앞으로 적어도 다섯 번은 읽게 될 《소피의 세계》 같은 책들이었다(이것만 보면 집에 서로 취향이 다른 사람 열 명 정도는 살았던 것 같지만 우리 가족은 네 명이다).

두서없는 책장이었지만 책등만 봐도 오래된 책인지 아닌지 알 수 있었다. 오래된 책들은 대부분 노랗게 바랜 표지에 누런 속지를 자랑했다. 어린 나이여서 상관이 없었던 건지, 이제 막 활자들이 친숙해져 신이 났는지 모르겠지만, 그런 책들도 거리낌 없이 꺼내어 읽곤 했다. 무슨 말인지는 몰랐다. 그게 뭐가 중요하겠는가. 글자를 읽고 있는데! 모든 것이 거대해 보이는 나이에 마주 섰던 책장은 이를테면 보물 상자나 마법의 세계로 들어가는 문 같았다. 이 작은 공간에 온갖 이야기가 들어있을 수 있다니. 내가 〈닥터후〉(겉보다 안이 훨씬 큰 전화 박스 모양의 우주선을 타고 우주를 모험하는 내용의 영국 드라마)를 좋아하는 것도 무리는 아니다.

그렇게 초등학생 시절 내내 온갖 책을 읽었다. 학교 도서실의 타일 바닥이 생각난다. 어린이집에서 쓰는 두껍고 푹신한 재질의 직소 퍼즐 모양 타일이었다. 거기서 양귀자 작가의 장편 동화《누리야 누리야》를 읽고 대성통곡을 했다. 아니, 빌려와서 집에서 대성통곡을 했던가. 누리가 너무 불쌍해서 몇 번을 읽고 읽을 때마다 울었다. 베르나르 베르베르의 책을 처음 읽은 것도 초등학생 때였다. 집에 있던《타나토노트》를 읽고 매료되어, 친구 집에 있던《개미》와《개미제국》을 일주일 만에 다 읽었다(《개미》가 원래 이렇게 두 시리즈로 분리되어 있었다는 걸 기억하시는가!). 얼마 후《뇌》가 신작으로 나왔고 역시 집어삼키듯 읽었다. 영어 과외 선생님은 이문열이 평역한《삼국지》를 열 번 읽게 시켰는데, 정말 에누리 없이 열 번을 읽었다.《세계문학사의 전개》라는, 지금 생각하면 대체 초등학생에게 왜 읽게 시켰는지 이해할 수 없는 책도 그때 읽었다.《해리포터》시리즈도 빼놓을 수 없다. 4권이 나오자마자 원서를 구해 밤새도록 읽었던 기억이 난다.

그러니까 정말, '게걸스럽게 읽어치웠다'는 표현이 맞을 것이다. 지금도 가지고 있는 열두 살 때의 독서기록장에는 한 달에 적게는 7권, 많게는 15권을 읽었던 기록이 남아있다. 마크 트웨인의 소설부터 《달라이라마와 도올의 만남》 같은 책까지 종류도 다양하다. 내가 어디로 가고 있는지도 모른 채 시키는 대로 공부에 열중하던 시절이었다. 토요일에도, 일요일에도, 크리스마스에도 공부를 해야 했다. 그때 책이라도 읽지 않았다면 나는 아주 거칠게 표류했을 것이다. 그런 생활은 한 번의 쉼 없이 고등학교 때까지 이어졌기 때문이다.

교육청이 배정해 주는 대로 진학한 중학교에서 가장 좋은 건 도서관이었다. 중학교와 고등학교가 함께 쓰는 3층짜리 도서관은 크고 오래된 벽돌 건물이었다. 여름이면 담쟁이덩굴이 건물을 초록으로 둘러쌌다. 1층과 2층에는 서가가, 3층에는 박물관이 있었다. 아마 전국의 중고등학교 중에서도 손꼽힐 규모의 이 도서관은, 아이러니하게도 전국에서 손꼽힐 정도의 교육열로 불타오르는 동네에 있었다. 그 동네에서는 성적에 관련되지 않는 것은 쓸모없었다. 그 쓸모없음 덕분에 나는 조용한 도서관에서 어떤 책도 기다리지 않고 마구 읽어치웠다.

하루키를 처음 읽은 것도 중학생 시절이었다. 《해변의 카프카》가 막 나왔을 때 학교 안에서 가벼운 하루키 바람이 불었다. 하루키의 소설에 매료된 나는 곧바로 도서관에 비치된 하루키의 모든 소설과 에세이를 읽었다. 장서가 많아서 가능한 일이었다. 하루키를 시작으로 에쿠니 가오리, 요시모토 바나나, 무라카미 류 같은 일본 작가의 소설을 읽어나갔다. 판타지 소설에 관심이 생겨 이영도의 소설을 비롯한 각종 판타지 소설을 읽고, 양자역학에 매료되어 입자물리학과 우주물리학 책을 보이는 대로 찾아서 읽고, 휴머니스트에서 나오는 책들, 이를테면 《세계의 교양을 읽는다》 같은 인문교양 책과, 《대중문화의 겉과 속》 같은 사회교양 책, 셜록 홈스 시리즈를 비롯한 각종 영미 추리 소설, 그리고 나에게 아주 큰 영향을 주었던 임레 케르테스의 《운명》 같은 책도 모두 중학교 때 읽었다. 친구가 생일선물로 준 《차라투스투라는 이렇게 말했다》는 내가 최초로 읽은 철학자의 1차 저작이었다. 말하자면 나는 중학생 시절에 이르러 독서에서의 자의식을 형성했다.

중학생 때 형성된 독서 취향은 고등학교 때도 이어졌

다. 첫사랑에게 실연당한 뒤 공지영과 츠지 히토나리가 쓴《사랑 후에 오는 것들》을 들고 다니던 기억이 난다. 태어나 처음 겪어보는 지독한 속상함을 책에 의탁하니 왜인지 조금 안심이 되었다. 미학에 관심을 가지게 했던 진중권의 책들, 이를테면《미학 오디세이》나《현대 미학 강의》를 처음 읽었고, 그래서 미술사와 명화 읽기에 관련된 책을 줄줄이 읽었고,《파우스트》나《베니스에서의 죽음》,《달과 6펜스》 같은 고전문학을 조금 더 본격적으로 읽어나갔다. 즐겨듣던 라디오에서 이동진을 알게 된 후로 이동진의 책을 전부 다 읽었고 동네 도서관 정기간행물 코너에 서서 〈씨네21〉 같은 주간지를 닥치는 대로 읽었다. 이제는 도서관에 갔을 때 어느 서가에 내가 원하는 책들이 있는지 알았고, 그 서가에 서서 꼭대기부터 바닥까지 책등을 훑곤 했다. 특정 출판사에 대한 선호도 생겼다. 교과서에 나오는 시나 소설에 흥미를 느꼈고, 처음으로 돈을 주고 시집을 샀다. 서정주와 백석이었다.

대체로 어린 시절에 대한 기억이 희미하다. 십 대 시절은 특히 그렇다. 죽도록 공부하거나 죽도록 공부하느라 사람들을 대하는 게 어색했던 기억뿐이다. 그래서 나의 기억이 활자로 구성되어 있다는 건 비유가 아니다. 인생의 어떤 시기를 기억할 때 나는 책을 떠올린다. 힘들어질 줄도 모르고 즐거이 읽은 책. 힘들었던 나를 붙잡았던 책. 힘듦을 잊게 했던 책. 힘듦을 극복하게 해준 책. 그럼에도 불구하고 삶의 허무로 다시 힘들어하는 나에게 새로운 의미를 보여준 책. 책을 읽을 때만큼은 현실을 잊을 수 있었다. 그래서 십 대의 나는 책을 읽고 현실을 잊어버렸다.

대학에 들어가서는 고전을 읽어야겠다는 강박에 시달렸고, 전공인 심리학과 철학에 관련된 책을 많이 읽으려고 애썼다. 고등학교 때까지는 책을 빌려서 보고 그중 좋은 책만 샀는데, 대학교 때는 도서관 접근성이 좋지 않아 일단 책을 사고 나서 읽었다. 그래서 '돈 주고 사려니 좋은 책만 사야겠는데 가벼운 책은 못 사겠어서 책을 못 읽는 병'에 잠깐 걸렸었다. 중고 서점이나 세일, 학교 도서관 같은 여러 경로를 통해 극복하긴 했지만, 따지고 보면 대학생 때 가장 책을 적게 읽었다. 늘 돈을 버느라 바빴다. 돈을 열심히 벌어서 미국에 교환학생으로 갈 때는 한국어책을 몇 권 들고 갔다. 단테의 《신곡》과 《단테 신곡 강의》, 《인문 고전 강의》, 《그 섬에 내가 있었네》 정도가 기억난다. 그땐 E-book도 거의 없을 때여서 책을 들고 가지 않으면 한국어로 된 책을 읽기 어려웠다. 결국은 학교 도서관에서 영문 책들을 종종 빌려 읽었지만, 때때로 펼쳐보는 한국어책은 큰 위안이었다. 한국에 돌아와서는 전공수업에서 읽기를 요구하는 책과 논문의 양만으로도 날밤을 새울 정도였다. 물론 날밤을 새우진 않았다.

대강의 흐름은 이렇다. 사실 이 자리에서 내가 읽었던 책을 모두 나열할 수도 없고, 나열해 봤자 별 의미도 없다. 중요한 건 책이 나의 피와 살이라는 것이고, 인생의 삼 할 정도는 책장을 넘기는 데에 썼다는 것이다. 이 할 정도는 책장을 넘길 책을 살 돈을 버는 데에 썼다. 나머지 오 할은 막연하고 불확실한 인생 속에서 몇 권 안 되는 책을 안고 비틀거리는 데에 썼다. 이 책도 비틀거림의 일환이다. 좀 비틀거리더라도 이해해 주시면 좋겠다. 먹고 살기 힘든 세상이라 다리에 힘이 좀 없다.

책을 고르는 방법

온라인 서점에서 오는 메일을 통해 신간 소식을 접하고, 방앗간처럼 들르는 서점에서 흘러간 책들을 마주한다. 중고 서점에서 점찍어 두었던 책이 있고, 아는 사람이 추천해 준 책도 있으며, 영상을 올리기 시작한 뒤로는 신청받는 책도 생겼다. 이 수없이 많은 책 사이에서 읽고 싶은 책과 읽지 않을 책을 골라낸다. 읽고 싶은 책은 머릿속 한쪽에 목록으로 정리해 두었다가, 생각날 때마다 핸드폰에 메모하거나 온라인 서점 보관함에 넣어둔다.

읽을 책과 읽지 않을 책을 가르는 데는 오랜 시간이 걸리지 않는다. 짧게는 3초, 길어봤자 1분이면 충분하다. 이건 새로운 사람을 만났을 때 무의식적으로 그 사람을 판단하는 것과 비슷하다. 실제로 뇌에서는 새로운 사람을 보자마자 몇 초 안에 그 사람에 대한 판단을 마친다. 대뇌피질에서 내리는 이성적인 판단이 아니라 편도체에서 내리는 본능적인 판단이다. 구체적인 메커니즘은 다르겠지만 나는 책에 대해서도 유사한 판단을 내린다. 말하자면 휴리스틱(사안에 대한 모든 구체적인 정보를 판단할 수 없을 때 대략적인 정보를 통해 빠르게 수행하는 어림짐작)인 셈인데, 나는 책에 대한 나의 휴리스틱을 굉장히 신뢰하는 편이다.

책의 첫인상을 결정하는 요소들은 다음과 같다: 제목, 표지, 질감, 띠지, 작가, 장르, (있다면) 추천사. 모든 요소가 동등하게 중요하지는 않지만 어느 요소도 판단 근거에서 빠지지는 않는다. 제목은 말할 것도 없고, 표지 디자인은 책의 톤앤매너를 보여주는 중요한 매개체다(이 책을 계약할 때도 뭘 제일 중요하게 생각하냐는 말에 망설임 없이 "표지요."라고 답했다. 여러분이 이걸 읽을 땐 부디 내 마음에 드는 표지로 인쇄되었길 빈다). 표지의 디자인과 질감을 통해 대강의 분위기를 어림해 본다. 아마 이 두 가지가 사람의 첫인상에 가장 가까운 요소일 것이다. 띠지는 사실 그렇게 중요하지는 않다. 띠지에는 보통 표지에 박기에는 무리가 있지만 마케팅 포인트로는 보여주고 싶은 내용이 들어가게 되는데, 출판사가 어디에 방점을 두고 책을 팔고 싶어 하는지를 알 수 있다. 작가는 당연히 중요하다. 아는 작가라면 전에 받았던 인상을 떠올리고, 모르는 작가라면 이력을 확인한다. 선호하는 장르의 책이라면 더욱 좋다. 추천사는 있는 경우도 있고 없는 경우도 있다. 누가 어떻게 썼는지 읽어본다. 공들여 쓴 추천사는 티가 난다.

이 목록을 모두 통과하면 목차와 간단한 내용을 확인한다. 목차는 책의 뼈대다. 뼈대가 무너진 책은 신뢰할 수 없다. 좋은 책은 좋은 목차에서 시작하기 때문에, 목차를 통해 주제에 대한 일관성, 논리성, 균질성 등을 살펴본다. 예를 들어 1장에서 라면의 종류를 다루고 2장에서 라면의 맛을 다루면 동등한 수준의 추상성을 가지고 개요를 짰음을 알 수 있지만, 1장에서 라면의 종류를 다뤄놓고 1장의 소목차로 매운 라면을, 2장의 제목으로 맵지 않은 라면을 다룬다면 목차의 균형이 깨졌다고 볼 수 있다. 잘 모르는 작가의 비소설 책을 처음 확인할 때 주의해서 보는 부분이다(부디 내가 이 절차를 통과했기를 빈다). 목차를 본 후, 오른손으로 책을 들고 왼손으로 — 나는 왼손잡이다 — 책을 훑어본다. 뒤에서부터 훑으면 몇 가지 단어와 문장을 볼 수 있고, 내지 디자인과 가독성을 확인할 수 있다.

가끔 디자인만으로 사는 책도 있다. 제본이 특이하다거나 표지의 디자인이 매우 마음에 드는 경우이다. 이 정도로 신경을 썼다면 내용도 나쁘지 않겠지, 혹은 내용이 나빠도 상관없지,라고 생각하는 것이다. 너무 유명한 책이어서 더 볼 것 없이 그냥 사는 경우도 있다. 보통 고전이라고 불리는 책들이다. 고대 그리스의 철학 고전이라든가, 유명한 세계 문학 고전과 같은 책들은 굳이 이런 긴 과정을 통과할 필요가 없다. 이와 비슷하게, 믿고 읽는 작가나 번역가의 책도 웬만하면 다른 요소와 상관없이 합격이다. 바로 사거나 머릿속의 목록에 올려둔다.

구구절절 썼지만 표지 수준에서 통과하지 못하는 책도 있고, 표지와 상관없이 사는 책도 있다. 목차까지 모두 확인한다고 해도 어쨌든 1분이 걸리지 않는 시간 안에 결정이 되는 셈이다. 사정이 이렇다 보니 놓치는 책이 생기기도 하지만, 전적으로 나의 취향에 맞는 책을 골라내기 위한 작업이고, 이 정도면 꽤 정교한 체에 거르는 과정이라고 생각하고 있다. 게다가 세상에는 책이 아주 많아서, 평생 책만 읽다 죽어도 읽고 싶은 책을 다 읽을 수는 없으니 이 정도면 충분하다고도 생각하고 있다. 이렇게 걸러내도 읽고 싶은 책은 매일 출간되고 몰랐던 작가는 또 발견된다.

이렇게 이야기하면 아마 '온라인 서점에서 구경하는 책들을 바로 사지는 않느냐'는 의문이 생길 법한데, 온라인 서점에서만 보고 구매하는 책도 있다. 그럴 땐 이미 알고 있는 작가나 좋아하는 출판사의 책인 경우가 많고, 그렇지 않을 때는 좋아하는 장르의 책을 출판사가 열심히 판 것이다. 어쨌든 한 번이라도 내 눈에 들어온다는 건 출판사 마케팅 담당자가 온라인 서점에 열심히 영업했다는 뜻이니까(이래서 자신의 취향을 특별하다고 함부로 믿으면 안 된다). 온라인 서점에 게재된 책 소개 글을 유심히 읽어보고 구매 여부를 판단한다. 아래에 달린 사람들의 리뷰는 별로 읽지 않는다. 결국 책에 대한 판단은 내가 내릴 수밖에 없다.

그러니까 아무리 여기서 책을 고르는 방법에 대해 주절주절 이야기를 해도, 결국 자신이 읽고 싶은 책은 자신이 고르는 것이다. 이것은 시행착오의 과정이기도 하다. 모르고 읽었는데 좋았던 경험, 좋은 줄 알고 읽어봤는데 아니었던 여러 번의 경험이 자신만의 기준을 만든다. 내가 나의 휴리스틱을 신뢰하는 이유는 그만큼의 시행착오가 있었기 때문이다. 물론 나의 기준 역시 지속적인 시행착오의 과정에 있다. 표지만 보고 과소평가를 했던 책이 의외로 좋았고, 꽤 좋을 거로 생각한 책이 생각보다 별로인 경우는 지금도 종종 발생한다(이 주제로 영상을 만들어달라는 요청도 받았지만 어떤 책이었는지를 굳이 밝힐 필요는 없을 것 같다). 또한 어렵지만 좋다고 평가되는 책에 도전하면서 이게 왜 좋은지를 탐구하고 이해하는 과정도 진행 중이다. 아직 책을 읽을 수 있는 수많은 날이 남아있고, 그 시간 동안 더 좋은 책을 깊이 향유할 수 있는 기준을 세우기 위해서다. 시행착오를 두려워하지 않는 사람이 자신에게 좋은 기준을 세울 것이고, 이건 다른 사람이 해줄 수 있는 과정은 아니다. 인생의 대부분이 그렇듯이.

책을 사는 과정

고른 책을 모두 사는 것은 아니다. 사실 사고 싶은 책의 대부분은 머릿속에 있다. 늘 떠올릴 수 있는 리스트처럼 기억하는 것이 아니라 어디 구겨서 머릿속 서랍에 넣어뒀다가 필요한 순간에 꺼내는 식이다. 필요한 순간이 언제냐 하면 책을 읽을 때다. 책을 읽다 보면 연관 지어 읽을 만한 책들이 문득문득 떠오른다. 진중권의 책을 읽다가 보드리야르의 철학서나 보르헤스의 단편집을, 《세 명의 사기꾼》을 읽다가 러셀의 《나는 왜 기독교인이 아닌가》를, 우주물리학 책을 읽다가 《시간에 관한 거의 모든 것들》을 떠올린다. 언젠가 서점에서 보고 인상깊게 기억해 두었던 책이 비슷한 주제의 책을 읽을 때 끌려 나오는 식이다. 이렇게 호출된 책 중 일부가 온라인 서점 보관함에 들어간다.

보관함에 들어갔다고 해서 모두 결제의 빛을 볼 수 있는 것은 아니다. 구매는 알라딘 온라인서점에서 혹하는 굿즈가 나올 때까지 유예된다(문제는 알라딘이 1년 내내 신들린 듯이 예쁜 굿즈를 내고 있다는 데에 있다). 새로 나온 굿즈의 유혹을 다섯 번 정도 참으면 한 번 걸려드는데, 그럴 때는 심혈을 기울여 구매액을 5만 원에 맞춘다. 굿즈를 주는 기준이 5만 원일 때가 많아서다.

5만 원보다 크게 초과할 때는 책을 한 권 빼고, 가격이 더 낮은 책을 넣는 식으로 할 수 있는 최대한의 쪼잔함을 발휘한다. 책을 잔뜩 장바구니로 옮겼다가, 5만 7천 원은 조금 결제 범위를 넘어선 것 같아서 하나를 겨우 골라서 뺐다가, 다른 책을 넣고, 결제창까지 갔다가, 책은 이게 더 마음에 드는데 굿즈 개수가 줄어드니까 다시 책을 빼고 다른 책을 넣었다가…를 30분 정도 하고 있으면 이러느니 그냥 처음 구성대로 사는 게 나았겠다는 생각이 들곤 하지만, 시간을 들여 책과 굿즈와 가격 간의 균형을 맞추는 건 그것대로 즐거운 일이다. 그렇

게 구매를 하고 나면, 짠, 다음날 택배가 온다.◘

우리의 사랑, 택배 얘기를 하기 전에 먼저 나의 쪼잔함에 대해 변명해야겠다. 첫째로 이 방법은 쪼들리는 살림에 가장 효과적인 구매 방법이다. 둘째로 책을 늘 이렇게 사지는 않고, 서점에 갔다가 충동적으로 사는 경우도 많다. 첫째와 둘째가 모순되어 보이는 건 착각이 아니다. 기본적으로 나는 돈 쓰는 걸 두려워하는 편이다. 스무 살 이래로 아르바이트를 멈춰본 적이 없고, 모든 생활 일정을 아르바이트에 맞췄고, 늘 돈이 떨어질까 전전긍긍했기 때문에 소비는 나에게 죄책감을 불러일으키는 행위다. 이 죄책감과 책에 대한 강렬한 욕망이 부딪힐 때 모순이 발생한다. 책을 가지고 싶지만 돈을 쓰고 싶지는 않고, 돈을 쓰고 싶지 않지만 책은 가지고 싶고…. 햄릿 뺨치는 실존적 고민이다. 살 것인가 말 것인가 그것이 문제로다.

한동안 서점에 들어가지 않겠다는 나름의 원칙을 세웠었다. 들어가면 책을 사니까 애초에 안 들어가면 되

◘ 이제는 더이상 굿즈를 받기 위해 애쓰지 않는다. 굿즈 선택이 가능하더라도 굳이 선택하지 않고 책만 사는 독자가 됐다.

지 않을까, 하는 순진한 발상이었다. 금방 깨달았다. 내가 나를 과소평가했다는 것을. 나는 곧 책을 추천하는 트위터 계정을 만들어 신간을 구경한다는 핑계로 서점을 들락날락했다. 그렇게 서점을 계속 다녔고, 중고 서점이 생긴 뒤로는 도무지 그냥 지나칠 수가 없게 되었으며, 통장 잔고는 여러모로 망했다. 여러분이 지금 이 책을 사서 읽고 있다면 나에게 아주 약간의 인세가 들어올 텐데, 그 돈은 대체로 나의 책장에 환원될 것이다.

어릴 때 으레 받곤 하는 주기적인 용돈이 없었다. 그래서 필요할 때 돈을 타서 쓰고 남는 돈을 모아 책을 사곤 했다. 그땐 살 수 있는 책의 권수에 제한이 있으니 정말 고심에 고심을 더해서 책을 골랐다. '읽지 않은 책은 사지 않는다'는, 지금 생각하면 놀라운 원칙이 있었다. 도서관에서 읽어본 책 중 소장하고 싶은 책을 한 권씩 사 모았다. 그렇게 샀던 책이 지금도 가지고 있는 〈미학 오디세이〉 시리즈나 《해변의 카프카》 같은 책이었다. 주변 사람들이 이미 읽은 책을 왜 사냐고 타박하면 읽었으니까 사는 거라고 답했다. 한 권의 세계를 1만 원대 가격이면 소장할 수 있으니까! 여러분에게는 지금의 나보다는 어린 시절의 나를 표본으로 삼아야 건강한 소비

생활을 할 수 있다고 말씀드리고 싶다(하지만 이 책을 읽고 있는 이상 그건 불가능할 거라는 말씀도 함께 드린다).

이 원칙이 파기된 건 대학생이 된 이후였다. 학교 도서관에의 접근성이 좋았던 중학생 때나 시립 도서관을 자주 갔던 고등학생 때와는 달리 대학교 도서관에는 발길이 잘 가지질 않았다. 학교는 너무 넓었고 아르바이트는 늘 많았다. 그래서 새로운 책을 접하는 경로 자체가 달라졌다.

일단 온라인이나 오프라인 서점에서 책을 구경하고 웬만큼 마음에 들면 샀다. 사고 나서 끌리는 책부터 읽고, 다 읽기 전에 또 다른 책을 샀다. 그중 끌리는 책을 읽고 그 책을 다 읽기 전에 또 다른 책을…. 인생에서 만난 도서관 중 가장 크고 아름다웠던 대학교 도서관은 결국 전공 공부에 필요한 책을 조달하는 데에만 쓰였다.

택배 얘기로 돌아가자. 책 택배를 몇 박스씩 쌓아놓는 바람에 한 박스에서 발견한 책을 다른 박스에서 또 발견했다는 이동진 평론가의 전설 같은 이야기는 나에게는 해당 사항이 없다. 고민 고민해서 겨우 네 권 사고 굿즈를 세 개 받는 소시민적 구매자인 나는, 문 앞에 덩

그러니 놓인 택배 상자를 보는 순간부터 즐거워하기 시작한다. 자고로 택배는 목욕재계하고 뭐라도 마시면서 천천히 뜯어보는 게 최고이므로, 잠옷으로 갈아입은 뒤 디카페인 커피나 맥주, 와인 같은 것을 준비하고 택배를 뜯는다. 실물을 만져보는 순간 느낌이 온다. 아, 역시 잘 샀군. 커피 한 모금 마시고, 한 권 꺼내서 훑어보고, 재미있어 보이는 부분을 조금 읽는다. 각각 해당하는 책장 칸에 책을 꽂고, 굿즈를 뜯어보고 감탄한다. 잘 보이는 곳에 전시하면 택배 영접의 시간은 끝.

이렇게 소심하게 책을 사다가도 한 번씩 마구 사는 날이 있는데, 책에 관련된 축제가 열리는 날이다. 여기서 말하는 축제는 마음의 축제가 아니라 진짜 축제다. 이를테면 서울국제도서전이라든가, 와우북페스티벌이라든가, 민음사 패밀리데이 세일이라든가 하는 행사를 말한다. 물론 이땐 마음속에서도 대축제가 벌어져서 폭죽이 터지고 지갑이 터지고 잔고가 터지고 나라가 망하고…. 그중에서도 정신 못 차리기 딱 좋은 세일은 역시 50% 내외의 할인율을 자랑하는 민음사 패밀리데이 세일이다. 관계자분들은 모르겠지만 2013년 행사에서는 무려 첫 번째 결제자가 나였다. 이런 과정을 거쳐서 시도 때도 없이 책을 산다. 통장잔고의 문제로 이보다 격한 소비생활을 할 수 없어 아쉽다. 자원 낭비라며 타박해도 어쩔 수 없다. 책을 골라서 구매하고 읽는 그 모든 과정이 나에게는 축복이고, 축복은 그리 만만하게 주어지지 않고는 한다. 아니, 애초에 만만하게 주어지면 축복으로 느끼기 힘든 것인지도 모른다.

책을 사는 행위

책을 '사는' 행위와 '읽는' 행위는 엄연히 다른 행위다. 둘 사이에는 완전히 다른 차원의 욕망이 작동한다. 책을 읽는 목적에 유희, 정보수집, 자기성찰 등이 있다면, 책을 사는 데에는 소장하고자 하는 목적밖에는 없다. 책을 내 눈과 손이 닿을 수 있는 곳에 두고 싶다는 욕망이다. 그래서 책을 소비하는 사람 중에는 아주 싸게 나오는 전자책 대여를 선호하는 사람도 있고, 책을 샀다가 다 팔아버리는 사람도 있지만, 반면 한 번 산 책은 다 끌어안고 절대 팔지 못하는 사람도 있다. 책 구매의 목적에 소유를 포함하는 사람들이다. 새삼스럽게 말하기도 민망하지만 나는 후자에 속한다.

소유에의 욕망은 인간이 지닌 가장 기본적인 욕망이

자 가장 폭력적인 욕망이다. 대상을 완전히 나에게 속한 것, 내가 뜻대로 다룰 수 있는 것으로 전락시키고자 하는 욕망이기 때문이다. 이 욕망의 대상이 사람일 때는 갈등을 추동하는 원인이 되고, 물건일 때는 그 물건을 욕망하는 주체를 타락시킨다. 그런 면에서 나는 타락할 대로 타락했고, 그래서 지금부터는 책에 대한 소유욕이 왜 정당한지를 구구절절 변명할 것이다(설명이 아니라 변명이다).

인간이 남기는 것

한 권의 책에서 우리는 무한대에 가까운 활자의 조합을 만들어낼 수 있다. 가장 깊은 바다에서 가장 넓은 우주까지, 아주 오래된 신화부터 아주 최근의 르포까지, 우리는 직접 헤엄을 치거나 타임머신에 타지 않고도 실감 나게 체험할 수 있다. 이건 VR이나 영상과는 다른 차원의 체험이다. 작가의 머릿속에서 시작된 글자들은 그 조합 자체로 새로운 의미를 지니며 무한히 다른 해석을 낳는 하나의 세계가 된다. 그래서 책이 가득한 책장을 바라보는 순간 우리는 어떤 경이에 사로잡힌다. 이 서로 다른 세계가 한자리에 모여있다는 아득함, 차곡차곡 정리되어 있다는 안정감, 언제든 손을 뻗어 펼칠 수 있다는 승리감, 이 도취가 우리를 이끈다.

보르헤스의《바벨의 도서관》에 등장하는 도서관, 세상에 존재하는 모든 활자의 모든 조합이 보관되어 있다는 그 무한한 도서관을 상상할 때면 나는 이 강렬한 기분에 사로잡힌다. 나의 방 한 면을 차지하고 있는 작은 책장을 바라볼 때, 수천 년 전의 인간이 남긴 말부터 지금의 인간이 그 말을 해석한 책까지 있는 광경을 바라볼 때, 나는 인간이란 죽으며 한낱 활자만을 남길 수 있는 존재임을, 동시에 그 활자가 인간을 인간으로 만들어주는 것임을 상기한다. 책에 대한 소유욕은 그래서 인간에 대한 호기심이자 애정의 발로다. 구체적인 하나의 인간에 대한 소유욕과는 완전히 다른, 인간의 정신성에 대한 소유욕인 셈이다.

인간의 정신은 책으로만 보존될 수 있다. 이것은 낡은 생각인지도 모른다. 영상의 시대에 이런 말을 하는 것 자체가 시대에 뒤처진 인간이라는 증거일지도 모른다. 그럼에도 불구하고 인간이 언어를 습득하기 시작하는 3세부터의 기억이 대부분 언어로 보존되고, 가장 효율적으로 정보를 기록하고 전달하는 매체가 언어인 이상, 나는 여전히 언어가 인간의 정신을 실어 나르는 가장 오래되고 정제된 수레임을 믿는다.

그렇다면 정신성을 소유한다는 것은 무엇을 의미하는가? 이 소유는, 언제든 내가 세계와 연결되어 있음을 인정하고, 언제든 그 세계가 나를 재구성함을 허락하는 행위다. 여기에서의 세계는 단순히 지금 살고 있는 세계를 의미하지 않는다. 인간이 파악해 온 역사 전체, 탐구해 온 우주 전체, 서로 다른 대륙에서 벌어진 사건들, 그 사건을 체험한 서로 다른 기억 모두를 의미한다. 이 모든 기억과 사건과 원리가 세상을 굴려 갔음을 잊지 않고, 언제든 나를 침범할 수 있도록 늘 마음을 열어두는 것이다. 책에서 필요한 정보만 파악하고 말 거라면 굳이 소유하지 않아도 된다. 하지만 사는 내내 책의 영향을 허락할 셈이라면 가지고 있는 수밖에는 없다. 가지고 있다면, 읽었던 책의 책등을 조용히 바라보는 것만으로 어떤 메시지를 받을 수 있을 것이다. 세상에 홀로 존재하지 않음을 깨닫는 데에 책만큼 좋은 수단은 없다. 그저 책장에서 책을 뽑아서 펼치면 된다.

책은 소유할 때만 연결할 수 있다

책을 읽고 처분하지 못하는 가장 큰 이유 중 하나는 다른 책을 읽을 때 연결 지어 생각할 일이 잦기 때문이다. 가끔 하던 일을 멈추고 가만히 책장을 바라본다. 책등을 하나하나 살피며 내가 무엇을 기억하는지, 어떤 감정을 느꼈는지를 반추해 본다. 모든 책의 내용을 기억하지는 못하지만, 각각의 감정은 대체로 기억하고 있다. 업데이트를 하고 싶으면 다시 읽어본다. 그런 게 아니라면 머릿속으로 대강의 범주를 가늠한다. 메마르고 건조한 책, 씁쓸한 책, 액자식 구성으로 된 책, 슬픈 책, 각주가 많은 책, 단편집, 비슷한 문체의 두 책 등등. 그렇게 기억하는 책은 나중에 필요한 순간 불현듯 떠오른다. 이 책을 쓰는 데에도 많은 책의 도움이 있었다. 쓰다 말고 다른 책을 참고하고, 잊고 있었던 책의 기억을 되살려냈다.

내가 굉장히 많은 책을 읽었으리라고 짐작하는 사람이 많고, 실제로도 꽤 많은 수의 책을 읽었지만, 안타깝게도 내용을 기억하지 못하는 책이 태반이다. 읽은 책 중 소유하고 있는 책의 비율이 적기 때문이다. 내용을 복기할 계기가 없으면 잊는 것은 순간이다. 도서관에서 빌려서 읽은 책의 상당 부분은 그렇게 잊어버렸다(도서관에서 빌려 읽는 것이 가치가 없다는 뜻은 아니다).

책을 꽂을 때 항상 책등이 보이게 꽂아놓으려 하는 것도 같은 이유 때문이다. 책등이 보이지 않는 책은 없는 책이나 다름없다. 눈에 보이지 않으면 읽을 수도, 복기를 할 수도 없다. 게을러서 매번 서평을 쓰지도 않는 주제에 책등까지 보이지 않으면 곤란하다. 그 흔한 말대로, 눈에서 멀어지면 마음에서도 멀어진다.

누군가가 책을 추천해달라고 할 때도 일단 책장을 본다. 찬찬히 살펴보며 권할 만한 책의 후보를 뽑아보는데, 그래서인지 늘 제한적인 추천만 하게 된다. 분명히 이것보다는 더 좋은 추천을 할 수 있을 것 같은데 매번 비슷한 대답을 해 민망하다. 나름대로 책을 많이 읽었다는 사람인데 이것밖에 안 되나 싶기도 하다. 그러니 이 자리를 빌려 혹시나 책 추천을 부탁하는 분들에게 변명하고 싶다. 늘 같은 책만 이야기하는 건 그런 이유 때문이랍니다.

아무튼, 책은 소유할 때만 연결할 수 있다. 전혀 다른 책들을 하나의 책장에서 바라보며 의외의 공통점을 발견하고, 같은 작가가 표현한 다른 세계를 비교하는 일은 머릿속으로만 하기 어려운 일이다. 책을 연결하는 일이 중요한 이유는, 그 어떤 책도 — 인간과 마찬가지로 — 홀로 존재하지 않기 때문이다. 하나의 책이 보여주는 세계에 함몰되기보다 서로 다른 책이 보여주는 세상의 다양한 면을 이해하는 것이 조금 더 좋은 독서라고 믿는다. 다른 분야의 책을 한 책장에 모아두고 바라보자. 서로 전혀 상관없어 보이는 별에 선을 그어 모양을 만들듯, 여러 책이 별자리처럼 빛나는 순간을 맞이할 수 있을 것이다.

책장을 보면 그 사람을 알 수 있다는 말은 그 사람의 관심 분야가 책장에 반영된다는 말이기도 하지만, 그 사람의 머릿속이 책장에 꽂힌 책과 점점 닮아간다는 말이기도 하다. 앞서 말했듯 책을 소유한다는 것은 언제든 책에 정신을 침범당해도 좋다는 인정이다. 책장을 들여다볼수록, 또 책장의 책을 들여다볼수록, 그 사람의 세계는 가지고 있는 책의 관심사와 비슷해진다. 그러니 독자 여러분, 책에 대한 소유욕은 인간이 발휘할 수 있는 가장 우아한 소유욕이다.

이 글을 쓰며 책장을 바라본다. 왜인지 책장을 바라

볼 때마다 수전 손택의 《타인의 고통》을 한동안 바라보게 된다. 타인의 고통에 깨어있느냐는 물음이 죽비처럼 내리친다. 내가 책을 소유함으로써 얻은 것 중 가장 소중한 한 가지만 꼽으라면, 이 물음이다.

책을 처음 만나는 공간

우리는 실로 많은 곳에서 책을 만난다. 집에서도 만나고, 학교에서도 만나며, 서점에서도, 도서관에서도, 고즈넉한 기분을 내러 간 카페에서도 책을 만난다. 여기서는 그중 책을 처음 만나는 곳에 관해 이야기해 볼까 한다(책을 읽는 곳에 대해서는 뒤의 '독서 환경' 장을 참고하시라). 더불어, 이 글은 대부분 경험에 의존하므로 제한적일 수 있다는 점을 덧붙인다.

서점

책을 사러 가거나, 구경하러 가거나, 둘 다를 하러 가는 곳. 가장 전형적인 장소다. 크게 대형 서점, 중소 규모 서점(혹은 동네 책방), 중고 서점 체인, 그리고 소규모 중고 서점 등으로 나눌 수 있다.

대형 서점은 깔끔함이 돋보인다. 직원들이 쉴 새 없이 책을 정리하고 사람들을 안내한다. 많은 사람이 북적이며 책을 구경한다. 요새는 책을 읽을 수 있는 의자와 책상도 잘 갖춰져 있다. 의자는 늘 만석이라 군데군데 사람들이 바닥에 앉아 책을 읽기도 한다. 베스트셀러 매대는 잘 보이는 곳에 있다. 평대와 책장, 창고 등으로 나뉘어 책이 꽂혀있으며, 책의 재고 현황과 위치를 검색해 볼 수 있는 도서 검색대가 있다. 전자제품을 파는 코너나 음반 코너, 문구를 파는 코너가 함께 있는 곳이 많다.

내가 생각하는 대형 서점의 가장 큰 매력은 화장실이다. 아니, 화장실로 상징되는 편리함이다. 책을 만날 수 있는 가장 상쾌한 공간이자, 원하는 책이 웬만하면 구비되어 있는 곳이다. 천천히 걸어 다니며 구경을 하기도 좋고, 요새 사람들이 어떤 책을 사 가는지, 어떤 돈 많은 혹은 절박한 출판사가 평대를 샀는지도 볼 수 있다. 여러모로 장점이 많은 곳이지만 사용할 수 있는 적립금이 많지 않고, 걷다 보면 다리가 아프다는 단점 아닌 단점이 있다. 무엇보다 대형 서점의 평대가 출판업계를 망치고 있다는 말이 들린다. 책을 볼 수 있는 의자와 책상이 오히려 책의 구매율을 떨어뜨리고, 손때 묻은 책의 반품을 출판사가 떠안아야 한다는 문제점도 지적된다. 대형 서점과 온라인 서점 때문에 없어진 수많은 동네 서점들의 이야기도 자주 나온다. 이용자가 많은 만큼 문제도 많은 셈이다.

한편 이제는 많이 사라진 중소 규모의 동네 서점은 책에 집중할 수 있다는 장점이 있다. 앉거나 기댈 자리는 거의 없고, 평대와 책장에 가득한 책이 주인공이다. 서서 책을 적당히 훑어보다가 사 가기 좋은 구조다. 많이 걷지 않아도 잘 팔리는 책을 바로 알 수 있고, 원하는 책을 찾는 데도 시간이 오래 걸리지 않는다. 주로 학생이 많은 동네에서 학습지와 잡지 위주로 책을 파는 서점이나, 유동 인구가 비교적 많은 곳에 자리 잡은 서점들이 살아남는 추세다. 고등학교 때 자주 다니던 학교 근처 서점이 그런 곳이었는데, 새 책이 — 주로 학습지가 — 진열된 1층 한편의 낡은 계단을 올라가면 다락방 같은 곳에 중고책이 한가득 꽂혀있었다. 학원에 다니느라 바쁜 와중에도 거길 찬찬히 탐험하는 게 참 좋았던 기억이 난다. 최근에는 테마가 있는 소규모 서점이 생겨 특색 있는 분위기를 느낄 수 있다고도 한다. 커피나 맥주를 파는 곳도 있고, 독립출판물을 취급하기도 한다.

중고 서점 체인은 대형 서점의 쾌적한 환경을 흡수하면서 중고책 시장을 장악한 서점 형태다. 아마 번화가에 나갔다가 중고 서점에 한 번 들러보지 않은 사람은 많지 않을 것이다(적어도 이 책을 읽고 있는 독자라면 그럴 것이라 짐작한다). 당연히 저렴한 가격에 책을 구할 수 있다는 것, 깔끔한 환경에서 책을 읽을 수 있다는 것이 장점인데, 사실 인문 서적을 주로 보는 나로서는 중고 서점 체인에서 좋은 책을 구하기가 쉽지 않다. 좋은 인문서는 소장용으로 사는 사람이 많아 중고 서점에 나오지 않고, 나오더라도 곧바로 누군가가 사가기 때문이다. 지금까지 중고 서점 체인에서 산 책 중 가장 괜찮은 인문서는 펭귄클래식코리아에서 나온 아리스토텔레스의 《시학》이었다. 종종 이런 책이 나오기도 하지만, 보통 중고 서점에서는 소설을 찾는 게 가장 현명하다. 시집조차도 좋은 퀄리티의 책은 잘 나오지 않는다.

소규모 중고 서점도 이제는 사라지는 추세다. 책이 마구잡이로 쌓여있는 가운데서 탐험하듯 책을 구경하는 맛이 있었는데, 중고 서점 체인이 늘어나면서 거래가 줄어들었다. 청계천 중고책방 거리라든가 부산의 보수동 책방거리가 좋은 기억으로 남아있어 안타깝다. 몇 년 전 보수동 책방거리의 끝에서 끝까지 모든 서점을 들어가 책을 구경한 적이 있다. 그때만 해도 절판된 책을 찾기 가장 좋은 곳이었는데, 이제는 어떨는지 잘 모르겠다. 중고 서점 주인과 안면을 트고 좋은 책이 나오면 연락을 받는 그런 로망이 있었지만 이제는 그런 시절도 다 지나가 버린 듯하다.

이 중 가장 많이 다니는 곳은 어쩔 수 없이 대형 서점이다. 가장 많은 책을 만날 수 있는 곳이라 자주 가지만 마음이 편치 않다. 베스트셀러에 구매가 편중되고, 돈을 많이 쓸 수 있는 출판사들의 책이 매대에 오르고, 모든 지역에서 같은 책이 팔리는 데에 기여하고 싶지 않다. 이 책은 어디에 진열될까. 사람들이 다양한 책을 만나 자신의 취향을 만들 수 있었으면 한다(이렇게 쓰면 대형 서점에서 이 책을 매대에 올려줄지 잘 모르겠다).

도서관

도서관의 특징적인 점은, 도서관을 다니는 사람은 주기적으로 다니지만 다니지 않는 사람은 아예 다니지 않는다는 점이다. 도서관에 가서 책을 신청하고, 원하는 책을 빌리고, 문화 강연을 듣는 한 무리의 사람이 있는 반면, 책을 좋아하는데도 도서관에 전혀 가지 않는 사람이 있는 것이다. 요즘의 나는 후자에 속하지만 원래는 도서관을 뻔질나게 드나드는 학생이었다.

운이 좋아 어릴 때부터 좋은 도서관을 다닐 수 있었다. 중학교 때는 앞에서도 자랑한 학교 도서관을, 고등학교 때는 집 근처 시립도서관을 자주 갔다. 아침 일찍 일어나 집 근처 동사무소에 위치한 도서관의 공부 자리를 잡으러 다니기도 했다. 앞서 말했듯 대학교 도서관은 너무 커서 자주 가지는 않았다(책이 두 층에 걸쳐서 보관되어 있다는 점이 결정적인 결격 사유였다). 서울에 산 덕에 비교적 좋은 도서관에서 많은 책을 접할 수 있었던 것을 인생의 행운으로 생각한다.

도서관의 쾌감에는 여러 가지가 있는데, 일단 책이 십진 분류표의 기준 아래 정리되어 있다는 데서 오는 이상한 쾌감이 있다. 서점에도 책이 잘 정리되어 있지만 세 자리 숫자와 소수점까지 붙어있는 도서관 책의 정리 상태는 서점의 그것과는 다르다. 일단 십진 분류표만 외우면 어느 도서관을 가든 표지판을 보지 않고도 책을 찾아다닐 수 있다. 우리 모두 알지 않는가. 서점에 특정한 책을 사러 가면 일단 도서 검색대부터 찾아야 한다는 것을. 그런 편리함을 차치하더라도 모든 도서관에 책이 같은 방식으로 차곡차곡 정리되어 있다는 데에서 오는 기쁨이 있다. 좀 변태 같은가. 책을 정리하는 것도, 책이 정리된 상태를 보는 것도 좋아한다. 변태 맞는 것 같다.

무엇보다도 도서관의 결정적인 쾌감은 책장 배치에서 온다. 서점은 사람들에게 책을 파는 것이 목적이므로, 그 어떤 책도 다른 책을 침범하지 않도록 벽에 진열하거나 눈높이 이하의 책장에 꽂는다. 하지만 도서관에서는 최대한 책장을 효율적으로 배치하는 것이 관건이다. 그래서 대부분의 도서관은 책장이 도미노처럼 일렬로 줄을 서도록 배치한다. 그것도 책장의 한쪽에만 책을 꽂는 것이 아니라 양쪽 모두 책을 가득 채우는 식이다. 그러면 책장과 책장 사이는 좁아지고 그림자가 드리우게 된다. 도서관 특유의 공기가 만들어지는 순간이다.

이런 책장 배치 때문인지 어느 도서관을 가든 느낄 수 있는 비슷한 분위기가 있다. 나는 그걸 '유골 안치소 같은 분위기'라고 부른다. 다 죽은 사람들의 글이 종이에 찍혀 유골처럼 안치된 곳. 그 적막과 쓸쓸함을 좋아한다. 특히 학생 때는 더 그랬다. 이 고요한 곳에, 생명의 힘이 넘치는 아이들은 관심이 없었다. 마음이 복잡할 때마다 도서관에 갔다. 세상과 사람으로부터 좁은 곳에 몸을 숨기고 조용히 책을 훑곤 했다. 도서관에서 가장 좋아했던 순간은 책장과 책장 사이에 서서 한쪽 책장을 까마득히 올려다보던 순간이다. 그것으로부터 받은 위로는 헤아릴 수 없이 많다.

도서관에서 처음 만나는 책은 서점에서 처음 만나는 책보다 정감이 느껴진다. 이미 여러 사람의 손을 탄 흔적이 남아있기 때문이다. (그러면 안 되지만) 밑줄을 친 흔적도 있고, 책등이 헤진 경우도 있다. (역시 그러면 안 되지만) 비슷한 주제의 책을 이어서 읽다 보면 같은 사람의 필적을 발견하기도 한다. 하지만 독자 여러분, 도서관 책을 깨끗하게 읽읍시다.

북카페

비교적 최근에 많이 생긴 형태의 장소다. 자고로 커피와 책은 떼어 놓을 수 없는 조합이므로 책 한 권 들고 카페에 가 뒤적이는 일이 얼마나 즐거운지 다 아시리라 믿는다. 사람들의 이런 수요를 간파한 사장님들이 마침내 책을 살 수 있는 카페를 만들었으니 이 어찌 기쁘지 아니하랴. 북카페의 등장으로 이후 한국에는 만화 카페, 고양이 카페, 강아지 카페, 새 카페, 하다못해 안마 카페까지 나왔으니 그야말로 대 카페 시대를 열어젖힌 선구자라 불러야 하겠다(물론 책과 커피의 조합만큼 찰떡같은 조합의 카페는 지금까지 보지 못했다).

북카페도 종류에 따라 책을 살 수 있는 카페가 있고, 책을 빌려 읽은 후 자리에 돌려놓아야 하는 카페가 있다. 목적에 따라서는 책을 읽을 수 있는 환경에 방점을 찍은 카페가 있고, 학생 및 직장인들이 공부를 하기 좋은 환경에 방점을 찍은 카페가 있다. 대학생 시절, 시험 기간에 조용한 카페를 찾아 방황하다 결정한 곳은 늘 공부가 중심인 북카페였다. 하지만 북카페의 미덕은 역시 책에 있다.

책이 잘 갖춰진 북카페의 책장에는 주인의 취향이 성실하게 반영되어 있다. 본인이 읽은 책, 좋았던 책, 읽고 싶은 책, 팔고 싶은 책을 꽂아두므로, 주인의 관심사에 따라 한 가지 주제에 대해 큐레이션을 받을 수도 있다. 물론 주인과 취향이 맞지 않을 때는 이것이 단점으로 작용하기도 하는데, 슬프게도 자기계발서나 경영서를 거의 읽지 않는 나로서는 북카페 주인분들이 카페에 자기계발서를 그만 들여놓았으면 하는 개인적인 바람이 있다(이 현상은 대학교 근처 북카페에 특히 심하다). 출판사가 운영하는 북카페의 경우에는 훨씬 책 중심적인 분위기로 구성되어 있어 편안한 마음으로 책을 구경하기 좋다.

하지만, 솔직히 고백하자면, 늘 가방에 책을 들고 다녀서 북카페에 가서 새로운 책을 구경하는 일은 거의 없다.

이상의 장소들은 모두 책을 실물로 처음 만날 수 있는 장소들이다. 빠르고 편리한 온라인 서점이 대세라지만 여전히 두 발로 걸으며 책을 구경하는 이유는, 예기치 못한 만남에 대한 기대 — 사람 말고 책 말이다 — 때문이다. 목표로 한 책을 찾다 보면 바로 옆에 꽂힌 책, 같은 작가의 책, 제목이 눈에 띄는 책, 디자인이 예쁜 책, 전에 사려다가 까먹었던 책, 요새 읽는 책에 등장하는 책 등등이 엮인 굴비처럼 줄줄이 끌려 나온다. 온라인 서점에서는 결코 누릴 수 없는 특권이다. 오프라인 서점이 사라지지 않기를 기도하는 이유 역시 이것이다. 책도, 영화도, 음악도 빅데이터로 자동 추천이 되는 시대에 취향의 폭을 넓히기는 점점 어려워지고 있고, 그렇기에 직접 만나는 책이 더욱 소중하다고 믿는다.

동거

그러나 저기 저 뒤에 있는, 지금은 마찬가지로 책들로 가득 차 있고 한 초라한 남자가 지키고 있는 세 번째의 저 조그만 방은 오랜 세월 동안 그 자신의 방이었다. 학교 수업을 마치면 그는 바로 조금 전처럼 산책한 뒤에 저 방으로 돌아왔던 것이며, 바로 저 벽면에 그의 책상이 서 있었고, 바로 그 서랍 속에 그는 자신의 절실하고도 안타까운 첫 시를 보관해 두었던 것이다.

— 토마스 만, 《토니오 크뢰거》 中

다독과 속독

다독

"일주일에 책을 몇 권 정도 읽으세요?" 책에 대한 영상을 찍기 시작한 뒤로 가장 많이 들은 질문이다. 영상의 배경이 되는 책장도 무척 그럴듯해 보이고 — 종종 영상의 팔 할은 목소리, 이 할은 책장이 담당한다는 농담을 한다. 물론 사실이라서 농담처럼 이야기하는 것이다. — 소개하는 책의 분야도 다양하니, 으레 엄청나게 많은 책을 읽었으리라 짐작하는 모양이다. 책을 적게 읽었다고는 말하지 못하겠지만, 그렇다고 많이 읽었냐고 물으면 딱히 자신 있게 대답할 수 있지도 않다.

사실 책을 몇 권 읽었는지 세는 것 자체가 이상하게 느껴진다. 뭐든지 숫자로 환산해야만 성취감을 느끼는 게 인간이긴 하지만, 책은 아주 이상한 물건이어서, 무작정 많이 읽는다고 좋은 것도 아니고, 읽어도 한 권으로 치기 어려운 책도 있으며, 어떤 책은 그 자체로 아주 오래 걸려서 권수를 세는 의미가 없어지기도 한다. 밤마다 잠이 오지 않을 때 읽는 책 중에 한스 요아힘 슈퇴리히의 《세계철학사》가 있는데, 희미한 전자책 단말기 화면으로 읽다 보면 어느새 스르륵 잠이 온다. 이걸 한 권으로 치기는 조금 억울한 감이 있다. 종이책 기준으로 무려 1208쪽짜리 책이기 때문이다(이 엄청나게 긴 책을 다 읽으면 종이책을 사서 자축할 예정이다). 아도르노와 호르크하이머가 쓴 《계몽의 변증법》의 경우에도 수록된 논문 중 세 편밖에 읽지 못했지만, 그중 '계몽의 변증법' 한 편을 읽는 데만 한 달이 걸렸다. 한 쪽에 한 시간이었다. 이런 책들을 접하다 보면 권 수를 세는 게 무슨 의미가 있는가 싶어진다.

살다 보면 책을 아예 읽지 않는 때도 있다. 바빠서 읽지 못하기도 하고, 책을 읽을 힘이 없을 때도 있고, 다른 취미에 빠져 책에 손이 가지 않을 때도 있다. 〈문명 V〉라는 컴퓨터 게임에 빠졌을 땐 대략 넉 달 만에 총 게임 시간 148시간을 찍었고 당연히 독서는 망했다. 그렇다고 해서 죄책감을 느끼지는 않는다. 책을 많이 읽는 게 훌륭한 삶의 표본도 아닌데 잠시 좀 쉬면 어떤가. 죽어서 위인전 목록에 들어갈 것도 아닌데. 그렇게 책을 놓고 살다 보면 어느 순간 자연스럽게 다시 책을 집어 드는 때가 오는데, 다른 유희 활동이 다 재미없어졌다는 신호다.

진부한 얘기지만, 많이 읽고 적게 읽고보다 중요한 것은 책을 얼마나 '충실하게' 읽었는가 하는 것이다. 천 권을 읽어도 읽는 내내 마음이 콩밭에 가 있다면 슬픈 일이다. 천 권 읽으려면 시간도 오래 걸렸을 텐데. 이왕 오래 할 거 좀 즐겁게 하시지. 책에 집중하고, 책과 대화를 나누고, 책에 질문하고, 반박하고, 때로 귀퉁이를 접고, 밑줄을 치고, 메모를 하는 독서가 조금 더 충실한 독서일 것이다. 밑줄을 치고 메모를 하는 것이 귀찮다면 하지 않아도 된다. 책에 말을 건다는 게 중요하다. 말을 많이 걸면, 책은 꽤 믿을 만한 인생의 친구가 되어준다.

물론 책을 많이 읽으면 대체로 좋다고 생각한다. 이런 친구 많이 둬서 나쁠 건 없지 않은가.

속독

어렸을 때 엄마가 속독을 시킨 적이 있었다. 일주일에 한 번씩 교사가 집으로 와서 속독과 기억법과 한자를 가르쳤다. 그때도 수업이 이상하다고 느꼈지만 지금 생각해 보면 정말로 이상하다. 한자의 모양과 뜻과 음을 연결하고자 안간힘을 다해서 몸부림을 친 한자 교재는 그렇다 쳐도, 속독 교재는 난수표에 가까웠다. 누구라도 속독 교재를 보면 그렇게 느낄 것이다.

처음에는 점과 선으로 눈알 운동을 시킨다. 왼쪽에서 오른쪽으로 훑기. 오른쪽에서 왼쪽으로 훑기. 원을 따라 눈알 돌리기. 겹겹이 쌓인 원 가장 가운데를 최대한 깜박이지 않고 바라보기. 그런 걸 하다가 숙련이 되었다 싶으면 글자로 넘어간다. 한 글자씩 보기. 한 단어씩 보기. 세 단어씩 보기. 한 줄씩 보기. 여기서 포인트는 결코 이 단어들이 내용상으로 이어지지 않는다는 점이다. 세 글자로 된 단어 카드를 60장 정도 만들어서 허공에 뿌린 다음 원숭이가 뽑는 순서대로 배열한 것 같은 구성이다. 그렇게 또 숙련이 되면 내용이 있는 단락을 읽고, 여러 단락으로 확장한다. 처음부터 여기까지

이 모든 과정에서 초시계를 들고 시간을 잰다. 이렇게 들으면 그럴듯해 보이지만, 직접 해보면 느낄 수 있을 것이다. 아, 이것은 정말 쓸모가 없군(전국의 속독 학원 및 강사분들에게 사죄의 말씀을 드린다).

첫째, 눈알을 빨리 굴릴 수 있다고 책을 빨리 읽을 수 있지는 않다.
둘째, 책을 빨리 읽는다고 많은 책을 읽게 되지는 않는다.
셋째, 이렇게 책을 빨리, 혹은 많이 읽는 게 대체 무슨 소용이란 말인가.

혹시나 이 책을 읽고 계신 학부모가 계신다면, 속독 학원 같은 데는 보내지 마시라고 말씀드리고 싶다(다시 한번 사죄드린다). 나는 속독을 배우기 시작할 때도 이미 책을 읽는 속도가 빨랐다. 어렸을 때부터 책을 많이 읽었기 때문이다. 그건 눈알 운동과는 하등 상관이 없다. 책을 많이 읽을 수록 여러 종류의 책이 가진 패턴을 익히게 되고, 그러면 자연스럽게 새로운 책을 읽을 때의 속도도 빨라진다. 속독으로 도움을 받는 사람이 있을 수도 있고, 시중에도 여전히 유사한 독서법을 가르치는 책이 있지만, 적어도 나는 속독이 제대로 된 독서 경험이라고는 생각하지 않는다.

속독을 통해 책을 빠르게 많이 읽는 데에서 무엇을 얻을 수 있는지 잘 모르겠다. 수능을 잘 칠 수 있나? 사실 그건 속독으로 잘 풀 수 있는 것도 아니다. 시중에 나오는 수많은 책을 빠르게, 많이 읽으면 더 훌륭한 사람이 되나? 아니면 책이 더 재미있나? 내가 살면서 책에서 얻은 가장 큰 기쁨의 순간들은 좋은 책을 천천히 읽는 시간에 있었다. 어려운 개념을 이해하고, 감정에 깊이 공감하고, 타인의 이야기에 위로받고, 새로운 정보를 알게 되고, 작가의 농담에 껄껄 웃고. 이런 순간들을 속독으로도 만날 수 있는지 모르겠다. 내가 모르는 뭔가가 있는 건가. 혹시 그렇다면 알려주시라. 솔깃하게 들리면 그 난수표 같은 책도 다시 한 권 사서 천천히 읽어볼지, 누가 알겠는가.

책을 듣기

TTS라는 기술이 있다. 'Text to speech'의 줄임말로, 글자를 음성으로 읽어주는 기술을 말한다.

최근에는 여러 전자책 애플리케이션에서 이 TTS 기능을 제공하고 있다. 읽고 있는 페이지에서 듣기 버튼을 누르면 기계음으로 된 목소리가 해당 페이지부터 책을 읽어주는 식이다. 핸드폰에서만 가능했던 기능이지만, 최근에는 이 기능을 사용할 수 있는 전자책 단말기까지 나왔다. 책을 눈으로 읽을 수 없는 시각장애인에게 큰 도움이 될 뿐만 아니라 책을 자주 읽는 사람에게도 도움이 되는 기능이다.

지하철에서 책 읽는 것을 좋아한다. 손잡이를 잡지 않아도 서서 갈 수 있을 만큼 크게 흔들리지 않는 서울

지하철은, 이상하게 들릴지도 모르겠지만, 독서하기 가장 좋은 곳이다. 핸드폰으로 전자책을 읽기도 좋고 무릎 위에 종이책을 올려놓고 읽기도 좋다. 자리에 앉아 책을 읽다 보면 내려야 할 역을 놓치기도 한다. 반면 버스에서는 책을 읽기가 쉽지 않다. 안 그래도 차멀미를 하는 편인데 버스에서 책까지 읽었다간 여러모로 곤란한 일이 생겼을 것이다. 종이책뿐만 아니라 핸드폰의 활자를 읽는 일도 때로 버겁게 느껴진다. 우주비행사도 아닌데 책 읽겠다고 멀미 훈련을 할 필요는 없지 않나(NASA에서는 우주비행사들의 멀미를 방지하기 위한 훈련을 진행한다.). 그래서 버스에서는 팟캐스트를 듣거나, 책을 듣는다. TTS 기능은 이때 장기를 발휘한다.

책을 듣는 일이 대부분의 사람에게 익숙하지 않으리라 짐작한다. 특히 TTS 기능이 제공하는 목소리는 아무리 많은 옵션이 있어도 결국 기계음인지라, 아이폰의 시리*Siri*가 책을 읽어주는 듯한 느낌에 적응하지 못한다면 익숙해지기 어렵다. 가장 많은 목소리 옵션을 체험해 본 건 여섯 개의 목소리가 있는 애플리케이션에서였는데 — 친절하게도 모두 수지, 준호 같은 한국어 이름이 붙어있었다 — 옷과 성별만 바꾼 시리 여섯 명처럼 들렸다. 누굴 선택하든 어색한 띄어쓰기와 숫자 읽기, 쑥스러운 영어 읽기가 이어졌다. 그럼에도 불구하고 이 기능을 애용하게 됐다. 이 무미건조하고 툭툭 끊어지며 감정이라고는 개미 눈곱만큼도 들어가지 않은 목소리가 읽어주는 책을, 놀랍게도 가끔 즐기게 됐다.

처음 TTS로 들은 책은 조던 엘렌버그의 《틀리지 않는 법》이었다. '수학적 사고의 힘'이라는 부제를 달고 있는 이 책은 부제대로 여러 수학 개념을 친절하게 설명해 주는 교양서다. 물론 책이 친절하다고 독자가 다 알아들을 수 있는 건 아니어서 나 역시 책의 친절을 몇 번 배신했다. 하지만 배신의 방법은 꽤 우아했다. 멈추지 않고 듣는 것이다. 당장은 못 알아듣더라도 책이 충분히 설명할 때까지 참고 기다리며 귀를 기울이는 것이다. 조금 기다려주면, 책은 예시를 들었다. 예시로도 충분치 않으면 다른 설명을 덧붙였다. 굳이 핸드폰을 꺼내 일시 정지 버튼을 누르거나 전 페이지로 돌아가는 수고를 하지 않아도 책은 나의 신뢰를 저버리지 않았다. 내가 TTS에 좋은 인상을 가지게 된 이유는 아마 이 경험 때문일 것이다.

물론 이 책 역시 듣는 방법으로만 읽기에는 미진한

부분이 있었다. 계속 등장하는 숫자와 수식을 기계 친구들은 버거워했다. 곱하기를 '엑스'로 읽기도 하고, 마침표가 없는 수열은 끊김 없이 기이하게 읽었다(암호문을 읽는 줄 알았다). 괄호를 읽을 때도 쉼 없이 읽어 어색했다. 결국은 핸드폰을 꺼내 화면의 수식을 몇 번 확인해야 했다.

모든 책이 듣기에 좋지는 않다. 혹시나 하는 마음에 문학작품을 시도해 봤다가 정확히 13초 만에 포기한 적도 있다. 어떤 책은 위에서 예시를 든 책만큼 친절하지 않다. 아무리 기다려도 자기 할 말만 하고 챕터가 끝나버린다. 하지만 여러분, 이것이 결정적으로 좋은 점은 책을 조금 못 알아들어도 끝까지 읽을 수 있다는 점이다! 소리에 계속 집중할 수만 있다면 눈으로 읽을 때보다는 비교적 수월하게 끝까지 간다. 노 없이 보트를 타고 계곡을 떠내려가는 기분과 비슷하다. '으어어 으어어어' 하다 보면 하류에 와 있는 것이다. 물론 책을 꼭 완독할 필요는 없다. 읽다 보면 도저히 못 읽겠어서 포기할 수도 있고, 충분히 원하는 만큼의 정보를 얻었다고 판단하고 멈출 수도 있다. 하지만 완독에는 두 가지 좋은 점이 있는데, 하나는 매우 쉽게 성취감을 준다는 점이고(인생에서 이렇게 쉽게 성취감을 얻을 기회가 그리 흔치 않다), 다른 하나는 완독하지 않았을 때에 비해 마음에 드는 내용을 발견할 확률이 높아진다는 점이다. 들어서 완독하기는 이 두 가지 장점을 매우 쉽게 경험하게 해준다.

동시에 바로 이 지점 때문에, 책을 듣는 게 마냥 좋기만 한 것은 아니다. 팟캐스트나 라디오를 즐겨듣는 사람이라면 알 것이다. 잠깐만 다른 생각을 해도 방금 무슨 이야기를 했는지 놓쳐버린다. 자칫 잘못하면 넋을 놓고 있다가 책이 끝나버릴 수도, 그래 놓고 다 읽었다고 착각하는 알량한 자기기만에 빠질 수도 있다. 기계가 이상한 곳에서 끊어 읽는 바람에 책을 오독할 가능성도 있다. 활자로 읽었을 때에 비해 기억에 남는 양이 적게 느껴지기도 한다. 활자는 시간으로부터 자유로우나 소리는 시간에 구속되어 있어, 앞뒤의 내용을 연결하여 생각하기가 어렵기 때문이다. 이건 결정적인 단점이다. 책 전체의 구성을 모형화하거나 목차를 중심으로 기억해 두곤 하는 나 같은 독자에게는 더욱 그렇다. 노 없이 하류까지 굴러오긴 했는데, 어떻게 왔는지 아무

기억도 나지 않는 것이다.

이런 단점을 감안하고 TTS로 듣기 좋은 책은 가벼운 교양서 정도다. 문학 작품의 경우에는 성우나 배우들이 좋은 목소리로 읽은 오디오북이 있다고 하지만 막상 구매처를 찾기 어렵고, 게다가 나는 — 오디오북에 한정해서는 — 성우 특유의 발음과 톤을 즐기지 못하는 편이다(영화나 드라마, 내레이션 등에서의 성우분들 목소리는 정말 좋아한다). 낭독 영상을 찍으면서 몇 권의 소설을 오디오북으로 제작하고 싶다는 생각을 했는데, 막상 나도 사지 않는 마당에 팔릴까 싶어서 보류해 두었다. 기회가 된다면 목소리에 잘 맞는 책을 잘 읽어서 문학 작품을 듣는 기쁨을 선사하고 싶다. 문학 작품을 읽고 듣는 일이 때로 굉장한 힘을 발휘함을 알고 있기 때문이다. 2014년 4월, 이동진 평론가가 팟캐스트 〈빨간책방〉에서 전문을 읽은 레이먼드 카버의 단편소설 〈별것 아닌 것 같지만 도움이 되는〉을 잊지 않고 있다. 그걸 듣다 지하철 에스컬레이터에서 눈물이 났던 기억도, 잊지 않고 있다.

책을 소리 내어 읽기

낭독을 좋아한다. 책을 소리 내어 읽게 해보면 읽는 사람마다 맺고 끊는 호흡이 다르다. 모두가 살아온 삶에 따라 다른 호흡으로 책을 낭독한다. 글은 활자에 인쇄되는 순간부터 독자의 몫이기에 독자들이 각기 다른 마음과 생각으로 글을 받아들이는 건 자연스러운 일이다. 목소리와 숨소리는, 소리 자체로 낭독자가 이해한 의미를 드러내지는 않지만 그 속에 분명히 어떤 의미가 있음을 알려준다. 마치 뇌파가 그 자체로 생각의 내용을 알려주지는 못해도 생각하고 있다는 사실은 알려주는 것처럼.

그래서 묵독과 낭독은 완전히 다른 경험이다. 묵독이 홀로 읽는 일이라면 낭독은 다른 이들과 함께 읽는 일이다. 묵독이 눈과 머리로 읽는 일이라면 낭독은 온몸으로 읽는 일이다. 낭독은 묵독보다 훨씬 느리고 완고하다. 눈이 혼자 의미를 파악하고 넘어가게 두지 않는다. 듣는 사람들에게 한 글자 한 글자를 배달하는 소리 속에 피해 갈 수 없는 낭독자의 감정이 담긴다. 그래서인지 낭독하는 사람들의 호흡 속에는 왠지 말로는 꺼내지 않는 내밀한 한숨 같은 것이 섞여 있는 듯도 하다.

아주 오래전, 책이 발명되기 전의 지식은 구전되었다. 원시 시대 최초의 의미 있는 공동 발화는 노래였다. 원시인들은 다 같이 춤을 추고 노래를 부르며 성공적인 사냥을 기원하고 자연에 말을 걸었다(물론 지금도 술을 마시면 얼마든지 가능한 일이긴 하다). 이 노래가 발전하여 노동요가 되고, 서정시가 되고, 서사시가 되고, 신화가 되었다. 원시 시대의 신앙 서사시는 고대의 창세 서사시와 영웅 서사시 등으로, 서정시는 연극으로 이어졌고, 사람들의 결속력을 다지는 이 이야기들은 대부분 입에서 입으로 전해졌다. 우리가 익히 들어 알고 있는 고대 그리스의 위대한 시인 호메로스는 눈이 멀었던 것으로 전해진다. 눈먼 시인이 시를 어떻게 짓겠는가? 그는 자신의 시를 모두 입으로 읊었다(《일리아스》와 《오디세이》 모두 목침으로 써도 좋을 것 같은 책인데 그걸 다 기억해서 읊다니대단한 인간이다). 그가 읊은 서사시가 소크라테스와 플라톤에게 전해지고, 중세를 거쳐 지금의 우리에게까지 남아있다. 신라의 향가鄕歌와 고려 시대의 고려가요高麗歌謠는 그 이름부터가 본디 노래였음을 알려준다. 문학의 원형은 구비문학이었다. 우리는 노래와 시로 세상을 설명한 이들의 후손이다.

책이 발명되고 지식이 기록되는 시대에도 낭독은 묵독 이상의 무언가를 해낸다. 그 무언가는 사람과 사람 사이의 결속일 수도 있고, 불경을 외는 스님들의 깨달음일 수도 있고, 눈이 보이지 않는 이들의 즐거움일 수도 있고, 기도하는 이들의 간절함일 수도, 연기하는 이들의 카타르시스일 수도 있다. 책장에 꽂힌 시집 한 권을 꺼내 소리 내어 읽어보시라. 그건 글로 된 노래를 입, 귀, 눈, 손을 모두 써서 읽는 경험이다. 온몸으로 읽는 책은 온몸으로 느껴진다.

조금 창피하게도 나는 나의 낭독을 좋아한다. 학창 시절에도 교과서 읽는 걸 좋아했다. 낭독하며 느끼는 목의 울림이라든가 정확히 발음할 때 드는 품, 내용에 몰입되는 상태도 좋아하고, 좋은 목소리로 빚어낸 결과물도 좋아한다. 앞서 말했듯 낭독의 호흡은 사람마다 다른 법인데 나에게는 나의 호흡이 가장 익숙하기 때문이다. 물론 그냥 내가 내 목소리를 좋아하기 때문도 있다. 앞서도 말했지만 내 유튜브 채널의 팔 할은 목소리가 책임지고 있고, — 비록 나에게는 너무 익숙한 목소리긴 하지만 — 내 목소리가 좋다는 평가도 상당 부분 이해하고 있다. 재수 없게 들린다면 죄송하다. 목소리로 먹고사는 처지이니 이해해 주시면 좋겠다.

운영하는 유튜브 채널에는 몇 개의 낭독 영상이 올라가 있다. 가와바타 야스나리의 《설국》 편이나 톨스토이의 《안나 카레니나》 편, 테드 창의 〈네 인생의 이야기〉 편, 패트리샤 하이스미스의 《캐롤》 편 등인데, 촬영하며 가장 힘들었던 영상은 《페미니스트 유토피아》에 수록된 이진송 작가의 글 〈건너가는 힘〉 편, 그리고 낭독 영상은 아니지만 꽤 많은 부분을 낭독했던 한강 작가의 《소년이 온다》 편이었다.

두 글 모두 몇 번씩 촬영을 끊어 가야 했다. 읽는 도중 북받쳐 오르는 눈물을 삼켜야 했기 때문이다. 《건너가는 힘》을 읽으며 이진송 작가가 상상하는 세계를 상상했다. 아이들이 공주가 칼을 들고 용과 싸우는 동화를 읽고, 여성이 가슴과 엉덩이로 취급되는 대신 욕망과

서사를 갖는 인물로 그려지는 문학이 당연하게 여겨지는 세계. 《소년이 온다》를 읽으며 사람들이 지키려 노력한 존엄성과, 고문으로 다 닳아버린 손가락과, 인간은 원래 잔인한 존재냐고 묻는 이의 얼굴을 생각했다. 내가 자라난 세계보다 조금 더 나은 세계를 만들 수 있을까. 인간은 그런 일을 할 수 있는 존재일까.

나는 우리가 타인에 대해 더 이성적으로 이해하고 감정적으로 공감할 수 있는 방향으로 걸어왔고 앞으로도 나아가야 한다고 믿는다. 결코 한 몸처럼 이해하고 공감하지 못할지라도, 적어도 우리는 최선을 다해 귀를 기울일 수 있다. 두 글 모두 온몸으로 말하는 기분으로 간절히 읽었다. 내 낭독의 호흡 속에는 결코 간단하지도 가볍지도 않은 한숨이 가득 섞여 있다. 이 온몸으로 전한 말에 귀를 기울인 사람들이 있다면, 그래서 아주 조금이나마 생각의 실마리를 얻어간 사람들이 있다면 결코 이 낭독이 무가치하지 않을 것이다.

책 냄새

조향을 배운 적이 있다. 조향에서 가장 기초가 되는 훈련은 원료가 되는 향료의 냄새를 맡고 각각의 느낌과 뉘앙스를 구체적으로 기록하는 올팩션*Olfaction*이다. 향에서 느껴지는 색깔, 연상되는 모양, 입에서 느껴지는 느낌 등을 섬세하게 기록하고 다른 사람의 느낌과 비교한다. 이 과정을 반복할수록 코가 예민해지고 같은 향이라도 더욱 풍부하게 느낄 수 있게 된다. 여기에 익숙해지면 각각의 향료로 처방을 짜서 향을 만드는 연습을 한다. 탑 노트, 미들 노트, 베이스 노트 각각에 들어갈 몇 가지의 향료를 결정하고 분량을 조절하는 것이다.

여기서 가장 중요한 것은 처방을 짜기 전 그리는 그림이다. 향으로 보여주고 싶은 풍경을 최대한 구체적으로 묘사해야 한다. 이를테면 '바다 향'에서 끝나는 게 아니라, 창문을 열었을 때 보이는 바다 풍경의 모습, 파도 소리의 크기, 창문 아래 까마득한 절벽의 높이, 돌의 질감, 창문 아래에 심은 꽃의 크기, 내리쬐는 햇빛의 강도, 불고 있는 바람의 정도까지 모두 그려보는 것이다. 학원에 다닐 때는 이미 주어진 처방에서 약간의 변형만 가하는 연습에서 끝났지만, 직접 그리고 싶었던 그림 중 하나는 도서관에 서 있을 때의 그림이다. 앞서 말했던 책장과 책장 사이의 아득한 느낌, 어둡지만 포근했던 느낌을 그리고 싶었다. 나무 책장에서 느껴지는 향, 오래된 책의 종이 냄새, 십진 분류표를 붙인 테이프에서 나는 희미한 접착제 냄새, 그 어두움, 쓸쓸함, 편안함, 무한한 책의 아득함. 연필 향이 나는 향료인 시더우드를 넣고 싶고, 블랙커런트 오일처럼 신비한 느낌을 주는 향료들과 종이 냄새를 구현하기 위한 몇 가지 화학적 향료가 필요할 것이다.

책에 관련된 가장 좋은 냄새는 — 동의하지 않는 사람도 있겠지만 — 책 냄새일 테다. 가끔 책에 코를 박고 향을 맡아본다. 요새 나오는 책에서는 냄새가 별로 나지 않지만 여전히 나에게 책 냄새는 마음의 고향과도 같다. 이 향을 좋아하는 책벌레들이 많으리라 믿는다(괜히 벌레라고 불리는 게 아닌 듯하다). 사실 이 향은 이미 향수로 나와 있다. 데메테르에서 나온 페이퍼백이라는 향수다. 직접 맡아보지 못해 늘 궁금하다. 향수의 전체 구성을 보여주는 사이트에서조차 이 페이퍼백의 향 피라미드는 뜨지 않는다. 향을 짐작할 수 있는 단서는 바이올렛과 포푸리가 들어갔다는 데메테르의 소개 글 정도다. 외국 사이트의 리뷰를 보면 하나같이 오래된 종이 냄새가 난다고 한다. 먼지 냄새와 가죽 냄새가 난다고도 하고, 어둡고 달콤한 바닐라 향과 라벤더 향이 난다고도 한다. 제본용 접착제 향을 희미하게 맡는 사람도 있다. 조향 초보가 향료를 가늠해 본다. 먼지 향에는 알데하이드 계열을 넣으면 될 듯하고, 가죽 향에는 이소부틸 퀴놀린을 넣고, 바닐라 향에 부드러운 무게를 더하기 위해서는 샌달우드나 미르 오일 정도를 넣고 싶다(겨우 기초반을 수료한 초보일 뿐이라 엉망으로 고른 것일 수도 있다). 그 외에도 수많은 향료가 활자처럼 책의 향을 구성할 것이다.

책과 함께 살다 보면 책 냄새에 익숙해지는 듯하다. 책은 서늘하고 어두운 곳에 보관하는 게 제일 좋지만,

그렇게 두더라도 시간이 흐르면 어쩔 수 없이 먼지가 쌓이고 색이 변한다. 게다가 내 집 마련이 별을 따는 것보다 어려워 보이는 한국에서 계속 이사를 하다 보면 책은 피할 수 없이 상해간다. 그렇게 세월을 켜켜이 견딘 책에서는 오래된 종이의 거칠고 따뜻한 냄새가 난다. 그건 시간이 흐르며 늙어갔지만 여전히 활자의 빛을 간직하고 있는 단단한 존재의 냄새다. 내가 어떻게 이 냄새를 싫어할 수 있을까. 이 냄새는 화학적인 분해 작용을 통해 생겨난다고 한다. 미국의 페이스트 매거진에 따르면, 고서의 경우에는 종이에 포함된 리그닌이 셀룰로스를 분해하면서 아몬드 향이 나는 벤즈알데히드, 바닐라 향이 나는 에틸헥실알콜, 단 향이 나는 에틸벤젠을 생성한다. 요즘 나오는 책에서는 접착제, 잉크, 종이의 향이 함께 영향을 주는데, 종이의 방수 유연제인 알킬케텐다이머와 표백에 쓰이는 과산화수소가 휘발성 유기화합물을 생성하면서 종이 특유의 냄새를 만들어낸다. 그 외에 책에 쌓인 먼지 냄새, 보관을 잘 못 했을 때 생기는 곰팡이 냄새, 장마철이 지났을 때 종이가 습기를 머금어 생긴 눅눅한 냄새 등이 책에 차곡차곡 쌓여간다.

하지만 책 냄새를 좋아하는 이유를 유기 화합물로만

설명할 수는 없다. 우리 모두 알지 않는가. 책 냄새를 맡았을 때 곧바로 연상되는 분위기, 책의 신비로움, 책만이 가지는 따뜻함이 책 냄새를 사랑하게 만든다는 것을. 책 냄새는 단순히 책 한 권의 냄새로 남지 않는다. 책을 꽂은 책장과 그 책장의 주인, 책에 들어간 사람들의 정성과 시간, 이 책을 읽었을 사람들과 읽을 사람들, 지금 책에 코를 박고 있는 것이 허락된 환경 모두가 책 냄새를 책 냄새로 만든다. 우리가 책이라는 존재를 통해 공유하고 있는 세계가 이 냄새에 남아있는 것만 같다. 책에 기록된 글자는 모두 다를지라도 우리에게는 약속된 향이 있다.

이 냄새를 향수로 만들어 그 향수를 찾는 사람들이 곳곳에 있다는 사실이 때로 감격스럽게 느껴진다. 한국의 어느 작은 다락방에서도, 미국의 오래된 도서관에서도, 유럽의 헌책방에서도 우리는 눈만 감으면 같은 세계에 살고 있음을 알 수 있다. 책이 약속한 몽상가와 기록가들의 세계. 책에 코를 깊게 박고 숨을 들이쉬면 시간과 공간을 넘어 이 세계가 코로 빨려 들어올 것만 같다. 그때 눈을 감는 것은 나뿐만이 아니리라.

독서 환경

책이 잘 읽히는 장소와 시간은 사람마다 다르다. 누군가는 지하철에서, 누군가는 욕조에서, 누군가는 학교에서 읽는 책이 잘 읽힐 것이다. 그리하여 지극히 개인적으로 책이 잘 읽히는 장소 Best 5를 꼽아보았다. 어디까지나 나의 선호임을 밝힌다.

5위. 침대

책을 좋아하는 사람들이 잠들기 전 누워있는 모습을 찍는다면 열 중 적어도 셋은 스마트폰을 들여다보고 있으리라 짐작한다. 그 마음 충분히 이해한다. 아무리 책을 좋아하는 사람이라도 불을 끄고 책을 읽을 수는 없고, 불을 켜고 책을 읽다가 잠들기에는 불을 끄는 일이 너무나도 귀찮으며, 불을 켜고 잘 수도 없는 노릇이기 때문이다. 그럼에도 불구하고 이런 열악한 환경에서도 책을 읽고야 마는 것이 독서가인지라, 이들은 어떻게든 방법을 만들어내곤 한다. 어떤 이들은 자그마한 북라이트를 구매하여 옛 조선시대에 호롱불로 책을 읽던 모습을 재현하기도 하고, 어떤 이들은 침대맡에 스탠드를 설치해 잠들기 전 불 끄는 일을 최대한 쉽게 만들기도 한다. 나는 둘 다 실패했다. 나의 경우는 책을 읽다가 불을 끄는 일이 너무도 귀찮아 전자책 단말기를 사용하는 경우다. 침대에 모로 누워 전자책 단말기를 펼치고 밝기를 최대한 낮춘다. 종이책을 누워서 읽을 때처럼 몸을 이리저리 바꿔 눕거나 팔을 주무를 필요가 없다. 무려 1,000쪽이 넘어가는 책도 편안하게 읽을 수 있다(물론 그런 책은 내용이 편안하지 않다). 가끔 무척 재미있게 읽고 있는 책이 있으면 침대에 앉아 종이책으로 읽기도 하나, 그렇게 머리맡에 열 권 정도를 쌓은 후로는 전부 치우고 전자책 단말기만 쓰고 있다. 하지만 이 다짐이 얼마나 오래갈 수 있을지는 나도 모른다. 이미 이 원고를 쓴 전날 밤 침대에서 마거릿 애트우드의《시녀 이야기》를 종이책으로 기어이 다 읽고 잤다.

4위. 미용실

머리가 짧은 분들은 이해하실지 모르겠지만, 머리가 치렁치렁하다면 미용실에 갈 때 책은 필수다. 나는 머리숱이 많고 심지어 길이까지 길어 미용사들에게 의도치 않은 피로를 선사하는 머리카락의 소유자다. 클리닉만 해도 1시간 반은 족히 걸리고, 탈색과 염색을 같이 한 날에는 무려 4시간 반 정도를 앉아있었다. 그쯤 되면 미용사도 미용사지만 앉아있는 것도 보통 일이 아니다. 그 긴 시간 동안 미용실에 구비된 잡지만 구경할 수는 없는 터 — 그날은 책을 안 들고 가는 바람에 잡지 세 권을 마스터했다 — 미용실에 책을 들고 다니기 시작했는데, 미용실은 생각보다 책이 잘 읽히는 장소였던 것이다. 강제로 궁둥이를 붙이고 꼼짝없이 앉아있어야 하지 않는가. 고개를 많이 돌릴 수도 없다. 하릴없이 앉아 책을 읽다가 머리를 헹군다고 하면 가서 헹구고, 샴푸한다고 하면 가서 샴푸하고,

중화한다고 하면 가서 중화하고, 그렇게 자리와 샴푸실을 왔다 갔다 하다 보면 복잡한 생각이 사라지고 사람이 단순해진다. 주변이 시끄러운 특성상 어려운 책보다는 술술 읽히는 쉬운 소설 종류가 잘 어울리는 곳이다. 혹시나 머리카락이 긴 분들은 가서 잡지 대신 책을 읽어보시길 권한다. 시간 잘 간다.

3위. 카페

카페에서 책이 잘 읽히는 이유에 대해서는 이미 많은 이들이 연구한 바 있다. 개인적인 장소와 공적인 장소가 경계 없이 결합한 곳이어서 그렇다는 말도 있고, 적당한 백색소음이 집중을 돕는다는 말도 있다. 커피 향이 영향을 준다는 말도 들린다. 모두 그럴듯하다. 다만 위의 이유를 다 충족하더라도 모든 카페에서 다 책이 잘 읽히지는 않는다. 나는, 책을 읽으러 갈 때뿐만 아니라 평소에도, 밝은색의 원목을 쓴 탁자와 밝은색의 벽이 있는 카페에는 잘 가지 않는 습관이 있다. 더불어 음악이 소란스럽거나 월간 차트 탑100을 틀어놓은 곳도 별로 좋아하지 않는다. 지금까지 두 군데의 카페에서 아르바이트를 해봤는데, 한 곳은 테이크아웃 전문점이라 내부가 조잡했고 다른 한 곳은 사무실이 몰린 지역의 빌딩 지하에 위치해 고상한 음악을 틀 수가 없었다. 결과적으로 두 곳 모두에서 쉬는 시간에 책을 읽는 데에는 실패했다. 제일 만만한 카페는 스타벅스다. 어느 지역의 어느 체인을 가도 적당히 톤 다운된 색조와 적당한 음량으로 나오는 소위 '스타벅스 재즈'가 분위기를 보장한다. 물론 번화가의 스타벅스는 필요 이상으로 시끄러울 때도 있어서 늘 만족스럽지는 않다. 그럴 땐 북카페라는 이름을 달고 있는 곳들도 책을 읽기에 훌륭한 장소들이다. 요새 많이 생기고 있는 '책펍'들, 그러니까 술을 마시며 책을 볼 수 있는 곳들도 마음에 늘 두고 있다. 책과 술은 늘 옳으니까.

2위. 지하철

지하철이 무려 카페를 제치고 2위를 차지했다. 둘 중 어느 장소를 2위에 둘 것인가를 놓고 오랫동안 고민했다(이게 뭐라고). 카페와 지하철의 가장 큰 차이점은 아마 '흔들림'에 있을 것이다. 지하철에 가만히 앉아있으면 규칙적으로 덜컹덜컹, 덜컹덜컹, 하는 흔들림이 몸을 타고 전해진다. 멀미가 날 정도로 심하진 않지만 KTX만큼 조용하지도 않은 적당한 흔들림이다. 몸에 리듬이 전해지는 것도 같고, 주의가 적당히 분산되는 것도 같다. 게다가 지하철에서는 서로가 서로를 쳐다보는 온갖 시선이 얽힌다. 책을 옆에서 들여다보고 앞에서 구경하는 그 시선이 책 읽는 사람으로 하여금 으쓱, 하는 기분을 느끼게 한다. 아무도 신경 쓰지 않는데 — 사실은 좌석을 스캔하며 이 사람이 언제쯤 내릴까 정도의 생각을 하는 경우가 대부분이지 않은가 — 책을 읽는 사람이 가지는 특유의 허영이 자신을 다독인다. 모르는 사람에게 말을 걸지 않는 가장 개인적인 공간인 동시에, 모르는 사람들의 수많은 시선이 복잡하게 스쳐 지나가는 지하철에서 책을 읽지 않는다면, 대체 어디서 독서가임을 자랑하겠는가?

1위. 내 방 책상

즐거운 곳에서는 날 오라 하여도 내 쉴 곳은 작은 집 내 집뿐이라. 뻔해 보이지만

1위를 차지했다. 나에게 가장 익숙한 공간이다. 책을 가장 많이 읽는 공간이기도 하다. 아마 동의하지 않는 이들도 많을 것이다. 책상에서 책이 읽히지 않는 이유는 보통 단순하다. 많은 집에서 흔히 벌어지는 일이 책을 읽거나 공부하는 책상에서 밥을 먹는 일인데, 그럴 경우 책상의 역할이 하나로 고정되지 않아 설령 본인이 의식하지 못할지라도 책을 읽을 때 집중력이 떨어진다. 특히 공부를 하는 사람이라면 책상에서는 다른 일을 하지 않는 편이 좋다(그런 의미에서 내가 1위를 책상으로 꼽을 수 있는 이유는 밥을 컴퓨터 책상에서 먹기 때문이다).

내 책상 밑에는 발 받침이 있고, 책상 위에는 스탠드가 한쪽 구석에, 자주 쓰는 연필과 만년필, 펜 등이 지근거리에 진열되어 있다. 책을 읽을 때는 반드시 스탠드 불을 켠다. 읽다가 인상적인 부분에 밑줄을 치거나 궁금한 점을 메모할 때 손을 뻗어 아무 연필이나 뽑아 든다. 책상 앞에 앉아 손을 뻗으면 책장에도 곧바로 닿는다. 한 책을 읽다 보면 다른 책이 연상되어 곧바로 뽑아서 참고할 때가 종종 있는데, 이 일은 책상 앞에 앉아있을 때 가장 수월하다. 특히 조금 난도가 있는 책을 읽을 때 필수적인 과정이다. 그래서 책상 바로 위의 책장에는 철학을 비롯한 인문학 관련 책들이 꽂혀있다. 독서대에 책을 놓고 정자세로 읽기도 하고, 책상 위에 다리를 올려놓고 읽기도 하고, 책장 쪽에 기대어 읽기도 하고, 책상에 엎드려 읽기도 한다. 스탠드 반대편에는 오래된 오디오가 있는데, 무려 카세트테이프가 들어가고 CD가 다섯 장까지 들어가는 모델이다. 겨울에는 이 오디오로 캐럴을 틀어둔다. 책상 구석에 놓아둔 향초를 켜기도 한다. 말하자면 내가 사랑하는 것들이 집약된 공간이다. 여러분도 책이 잘 읽히는 장소를 가만히 생각해 보면, 자신이 무엇을 사랑하는지 알 수도 있을 것이다.

필사하기

책과 함께 살아가는 인간은 책을 닮아간다. 하지만 그 속도가 마음에 들지 않는다면, 책과 동거하면서 가장 빠르고 극단적으로 책을 닮는 방법은 책의 구절을 필사하는 것이다(그래봤자 3년을 2년 9개월 정도로 단축하는 정도겠지만). 예로부터 필사는 자기 수양과 글쓰기 훈련을 위한 중요한 수단이었다. 문예창작과나 국어국문학과를 나온 사람들이 도제식으로 창작 교육을 받을 때《태백산맥》이나《혼불》같은 소설을 필사했다는 전설 같은 일화도 들린다. 그런 책을 필사하고 나면 한 글자 한 글자가 몸에 새겨져 자신도 모르게 그 소설을 온몸으로 기억하게 된다고 한다(손가락이 휠 테니 확실하게 기억되기는 할 것 같다).

개인적으로는 창작을 위해 필사하는 일에 거부감을

느낀다. 내 글에 나도 모르게 다른 이의 문체가 흘러들어온다니, 그것만큼 악몽 같은 일이 있겠는가? 나는 내가 읽은 책들의 조합이지만 굳이 그걸 사람들에게 알려주고 싶지는 않다. 내가 크리스토퍼 놀란도 아니고 참고한 소설을 스무 개씩 말하고 다닐 필요는 없으니까. 물론 크리스토퍼 놀란은 자신 있으니까 참고한 영화를 모두 밝히는 것일 테지만, 크리스토퍼 놀란 정도의 거장이 되더라도 굳이 참고 목록을 따로 밝힐 생각은 없다(하지만 이미 책 영상을 찍으면서 취향을 너무 많이 드러냈다. 다 망했다).

원래는 필사를 꼭 해야 한다는 강박이 있었다. 고등학교 때 나를 가르치던 국어 선생님이 고전 공부나 필사를 무척 강조했다. 그러다 대학교에 입학한 첫 학기, 신입생들이 필수적으로 듣는 글쓰기 과목에서 이 강박을 덜어낼 수 있었다. 내가 속한 반을 맡았던 교수는 현재 모 대학교에서 국어국문학과 교수를 하고 있는 시인이다. 그때 나에게 소설가가 되기를 권했던 그 교수에게 필사가 효과가 있느냐고 물었다. 교수는 필사는 권하지 않는다고 했고, 그 뒤로는 아주 편안한 마음으로 창작을 위한 필사 훈련을 기피하고 있다.

사실은 나에게도 책의 많은 구절을 베껴 쓴 공책이 여러 권 있다. 그건 필사 행위라기보다는 기억하고 싶은 구절을 모아서 기록하는 수집 행위에 가까웠다. 요새는 세상이 좋아져서 그걸 똑똑한 메모 앱에다 하고 있지만, 원래는 좋은 공책을 사서 만년필로 써두곤 했다. 이런 아날로그 수집 행위의 가장 좋은 점은 다음에 '훑어볼' 수 있다는 점이다. 책을 한 손으로 잡고 한 손으로 후루룩 훑는 그 일 말이다. 몇 권을 꺼내 훑다 보면 내가 원래 어떤 사람이었는지, 어떤 사람이 되고 싶었는지를 금방 떠올릴 수 있다. 내가 정말 그런 사람이 되고 있는지는 알 수 없지만.

만년필로 필사하기

만년필로 필사하는 행위는 명상에 가깝다. 컬러링 북에 색칠을 하는 일이나 뜨개질을 하는 일과 비슷하다(이 둘과 다른 점이라면 하면서 동시에 라디오를 들을 수가 없다는 점이겠다). 아주 집중해서 책의 구절을 베끼다 보면 세상에 대한 원망을 잊게 되고 슬픔이 옅어지며 행복에 한 발짝 다가서…지는 않지만 적어도 하는 동안에는 다른 일을 잊을 수 있다. 필사하는 책의 종류나 분량에 한계를 두지 않아도 되고, 손만 버텨준다면 시간도 금방 간다. 컬러링 북 색칠보다 조금 더 생산적인 일을 하고 있다는 착각도 할 수 있다. 조금 나은 인간이 되리라는 근거 없는 믿음을 가져볼 수도 있다.

굳이 볼펜이나 수성펜, 연필 등을 제치고 만년필을 쓰는 이유는 이 멍때리는 시간을 더 오래 할 수 있기 때문이다. 오래 써도 손이 덜 아프고 더 나은 글씨체를 남길 수 있다. 만년필촉은 쓰는 사람의 필기 습관에 맞춰 닳기 때문에 쓰면 쓸수록 나에게 맞는 펜이 된다. 같은 만년필일지라도 어느 순간 훨씬 부드러워지는 때가 온다. 꾸준히 쓰다 보면 어, 오늘 펜이 왜 이렇게 부드럽지, 하는 날이 있을 것이다. 뿌듯해해도 좋다. 만년필을 쓰는 보람이다.

필사하기 전, 만년필에 남아있는 잉크 분량을 확인한다. 잉크가 많이 남지 않았다면 꺼내서 충전하는데, — 컨버터를 사용하는 경우이고, 일회용 카트리지를 쓴다면 그냥 새 카트리지를 끼우면 된다 — 이 충전 의식을 하다 보면 마치 중세의 수도사가 된 느낌이 든다(그래서 만년필로 하는 필사는 조금 더 종교의식 같은 면이 있다). 잉크를 고르고, 잉크병 뚜껑을 열고, 잉크를 채우고, 만년필 본체를 조립하고, 옆에 고이 접어둔 키친타월로 촉에 남은 잉크를 정리한다. 잉크를 채우려고 분해했다가 만년필 청소를 해야 하는 경우도 있는데, 만년필을 늘 열 자루 내외로 가지고 있는 나로서는 그날이 곧 만년필 대청소의 날이 된다. 열 자루를 전부 꺼내 분해한 뒤 청소한다(물론 필사는 물 건너간다).

필사할 때 제일 좋아하는 만년필은 고등학교 졸업 선물로 사달라고 부모님께 구걸한 이탈리아 오로라사社의 만년필이다. 비싼 만년필은 제값을 한다. 8년째 쓰고 있는 지금도 쓸 때마다 놀란다. 언제 써도 부드럽고, 잉크가 굳지 않고, 촉이 튼튼하고, 무게도 적당하고, 밸런스도 잘 잡혀있다. 죽을 때까지 촉만 바꿔가면서 계속 쓸 펜이다. 가격 면으로는 완전히 반대지만 일본 플래티넘사社에서 나오는 4천 원짜리 프레피도 아주 훌륭한 만년필이다. EF*Extra Fine* 촉이 출시된 뒤로는 EF 촉만 쓴다. 일본 특유의 세필을 자랑하면서도 필감筆感이 아주 좋다. 같은 회사의 스탠더드 만년필을 가지고 있었는데(지금은 팔고 없다), 무려 그건 14K 금촉이 달린 정가

십만 원짜리 펜이었는데도 나는 스틸 촉을 쓴 프레피를 더 좋아했다.

제일 좋아하는 종이는 일본 라이프 사社에서 생산되는 종이다. 로디아*Rhodia*나 미도리, 복면사과까르네 등 화려한 후보들을 제치고 나의 베스트에 올라와 있다. 만년필을 쓰기에 가장 적합한 종이라고 생각한다. 프리미엄 라인, 노블 라인, 쇼퍼 라인에 사용된 라이프 특유의 종이를 정말 좋아한다. 잉크가 번지지 않고 필기감을 부드럽게 잡아준다. 그렇다고 아주 미끄러지지는 않고, 딱 기분 좋은 정도로 서걱거린다.

만년필과 종이가 모두 준비되었다면 주변을 정리한 뒤 필사를 시작한다. 책을 고르고 원하는 부분을 펼쳐 두꺼운 책으로 고정한 뒤 스탠드를 켠다. 펜을 들고, 쓴다. 적당한 속도를 유지하지 않으면 글씨가 어그러진다. 입으로 구절구절을 되뇌며 공책을 채운다. 활자가, 목소리가 되었다가, 다시 활자가 된다. 서걱서걱하는 소리가 허공을 울린다. 때로는 그 소리만으로 위로받기도 한다. 누군가가 시간을 들여 쓴 책을 다시 시간을 들여 베껴 쓰는 일을 할 수 있다니, 그럴 수 있는 펜과 종이와 시간이 있다는 건 큰 축복이다. 그 축복에 비하면,

인생의 많은 일들은 별 게 아니다.

컴퓨터로 옮겨 적기

이걸 필사라고 부를 수 있을지는 잘 모르겠다. 하지만 우리가 읽는 책의 좋은 구절을 전부 이렇게 중세 시대 수도사처럼 적고 있기에 우리는 너무 바쁘다. 게다가 세상에는 읽을 책이 너무 많고, 그것들을 다 적다가는 평생 읽을 수 있는 책의 분량이 1/10로 줄어들 것이다. 고육지책으로 선택한 방법이 컴퓨터 메모리나 블로그에 타이핑해서 저장하는 방법이다. 당연히 명상이라기보다는 정보 수집에 가까운 행위다.

명상 같은 면이 없는 건 아니다. 아무 생각 없이 타이핑하는 걸 싫어하는 사람도 있단 말인가. 이거야말로 뜨개질과 비슷한 일이다. 집 근처 입시 학원에서 잠시 아르바이트를 한 적이 있는데, 담당 업무는 근방 중학교 및 고등학교의 국어와 영어 내신 기출문제를 펼쳐놓고 몽땅 컴퓨터에 옮기는 일이었다. 출근해서 네 시간 정도 넋을 놓고 워드 작업만 했다. 어찌나 단순하고 마음이 편해지던지, 이렇게 힐링하면서 돈을 받아도 되나 싶었다(물론 돈을 안 주면 안 했을 것이다).

키보드로 하는 필사 작업에는 이상한 안도감이 있다. 두 손을 키보드 위에 두고 손가락을 두들기면 경쾌한 소리와 함께 모니터에 글자가 찍혀 나온다. 빠르면 빠를수록 쾌감은 더해진다. 게다가 타이핑하는 내용을 직접 생각해 내야 하면 고통스러울 텐데 — 지금 이걸 쓰고 있는 나를 말하는 것이 맞다 — 심지어 아무 생각을 하지 않아도 된다. 당연히 손으로 직접 하는 필사보다는 머리에 적게 남는다. 그건 과학적으로도 증명된 사실이다. 하지만 어쩌겠는가, 우리는 21세기에 살고 있는 것을.

컴퓨터로 필사할 때 가장 중요한 도구는 당연히 키보드다. 만년필만큼은 아니지만 키보드의 세계도 광활해서, 2만 원짜리 저가형 키보드부터 50만 원이 넘는 고가형 키보드까지 다양한 옵션이 나와 있다. 키감에 신경을 좀 쓴다고 하는 사람들은 보통 기계식 키보드를 찾는 편이지만 나는 기계식 키보드를 건너뛰고 곧바로 정전용량 무접점식 키보드에 안착했다. 기계식 키보드보다 좀 더 가볍고, 서걱이고, 오래간다고 한다. 그중에서도 비싸기로 소문난 해피해킹 프로2를 선물 받아쓰다가 무려 와인을 엎는 바람에 피눈물을 흘리며 저가형 무접점 키보드를 새로 샀다. 전에 쓰던 것만큼은 못하지만 지금 쓰는 키보드도 좋은 키보드다.

앞서 타자 치는 행위의 멍때리기 좋음을 구구절절 이야기했지만, 손글씨보다 모니터의 활자와 인쇄된 활자가 훨씬 익숙한 나로서는 모니터에 찍히는 활자를 볼 때가 생각을 정리할 수 있는 최적의 시간이다. 손으로 필사하는 일이 쓰는 행위 자체가 강조된 명상이라면, 컴퓨터로 정리하는 행위는 내용을 정리하고 생각을 덧붙이는 사유 행위다. 고백하자면 나는 연필이나 만년필로는 아무런 글도 쓰지 못한다. 어딘가에 부끄러우나마 기고할 만한 글을 쓸 수 있는 건 오로지 컴퓨터 앞에 앉아 글을 쓸 때뿐이다.

가끔 블로그에 들어가 옛날에 옮겨두었던 구절들을 죽 읽어보곤 한다. 메모리의 바다에 외주를 주고 정작 나는 완전히 잊고 있었던 기억들이 용천수처럼 속속 솟아오른다. 어떤 것은 화살처럼 따갑고, 어떤 것은 화산처럼 뜨겁다. 나를 반성하게 만드는 것은 만년필로 쓴 글씨이나, 나를 다시 생각하게 만드는 것은 컴퓨터에 남아있는 사유의 흔적들이다.

펜이든 키보드든 핸드폰이든 머릿속이든, 이렇게 기록하고 나면 더욱 실감 나게 느낄 수 있다. 내가 가진 책들이 나의 정신에 침범하는 그 느낌 말이다. 사유의 빈틈에 정확히 내리꽂혀서, 개념의 연결망을 바꾸어놓고, 자신의 자리를 찾아 들어앉는 그 특별한 느낌은 책을 친구로 둘 때만 누릴 수 있는 특권이다. 굳이 필사를 하지 않아도, 본인이 원하지 않아도, 그 느낌에 중독되면 누구나 닮아가는 듯하다.

세 번째 노트

책과 세계

책의 세계

(세계가 한 권의 책이라는 은유는 이미 낡은 느낌을 줄 정도로 오래된 것이다. 그리하여 이 장의 이름은 '책 속 세계'가 아닌 '책의 세계'가 되었다. 이미 세계가 책이 된 지는 오래되었기 때문이다.)

베리트, 비비 보켄, 마리오 브레자니와 함께 지하실에 있는 동안 나는 기적을 체험했다. 내 생애 처음으로 책이 어떤 건지 이해하게 된 것이다. 한 권의 책이란, 죽은 자를 깨워 다시 삶으로 불러내고 산 자에게는 영원한 삶을 선사하는 작은 기호들로 가득 찬 마법의 세계다.

— 요슈타인 가아더, 《마법의 도서관》 中

세계가 된 책
《바벨의 도서관》

첫 번째 공리, 《도서관》은 영원으로부터 존재한다. 이러한 사실로부터 즉각 유추해 낼 수 있는 것은 세계의 미래가 영원하리라는 것이다. 불완전한 사서인 인간은 우연, 또는 심술궂은 조물주들의 작품일는지도 모른다. 서가들, 암호로 된 책들, 방문객을 위한 지칠 줄 모르는 층계들, 그리고 앉아서 생활하는 사서들을 위한 변소가 있는 천부적으로 우아한 자질을 타고난 우주만이 신의 작품일 수 있다. 신적인 것과 인간적인 것 사이에 존재하는 간극을 이해하기를 원한다면 실수를 범하기 쉬운 나의 손이 어떤 책의 표지에 휘갈겨 쓴 조악하고 삐틀삐틀한 글자들과, 책 안에 들어있는 정확하고 섬세하고 완전히 까맣고 흉내 낼 수 없을 정도로 균형을 가진 체계적인 글자들을 비교하는 것으로 충분할 것이다.

— 보르헤스, 《바벨의 도서관》 中

세계를 책으로 감각해온 사람이라면 보르헤스의 단편 소설《바벨의 도서관》에 매력을 느낄 수밖에 없을 것이다. 《바벨의 도서관》 첫 문장은 세계가 하나의 도서관이라는 선언이다.

"우주(다른 사람들은 '도서관'이라 부르는)는 부정수 혹은 무한수로 된 육각형 진열실들로 구성되어 있다."

여기서는 오로지 책이 진열된 진열실들이 세계의 전부다. 그 바깥에는 아무것도 없으며, 그 안에는 책밖에는 없다. 여기에는 모든 활자가 새겨진 모든 책이 존재한다. 마치 영화 〈큐브〉에 나오는 거대한 큐브처럼 진열실이 끝없이 이어지는 이곳에서, 소설의 주인공은 태어났던 진열실로부터 5.5km 떨어진 진열실에 도달해 죽을 채비를 하고 있다.

각각의 진열실에는 20개의 책장이 있다. 각 책장에는 32권의 책이 있고, 각 책은 410페이지로 되어 있으며, 각 페이지는 40줄, 각 줄은 80개의 글자로 구성되어 있다. 한 권당 1,312,000개, 각 진열실당 839,680,000개의 글자가 기록된 셈이다. 진열된 책 중 단 한 권의 책도 같은 조합으로 되어 있지 않다. 따라서 한 권당 130여 개의 자리가 있고, 알파벳은 마침표, 쉼표, 공백, 철자를 합하여 25개라고 밝히고 있으니, 25를 130번 넘게 곱한 수만큼의 책이 있다는 말이다. 그 크기가 어느 정도일지 가늠조차 되지 않는다. 세계의 원리를 활자로 나타낼 수 있다면 이곳에 모두 쓰여 있으리라.

여기에는 모든 것의 모든 것이 기록되어 있다. 태어난 사람과 태어날 사람의 일생, 우주의 원리와 세계의 근원, 서로 다른 방언과 새로운 언어가 기록되어 있다. 주인공에 따르면 "모든 것. 미래의 세세한 역사, 대천사들의 자서전, 《도서관》의 신실한 목록, 셀 수 없이 많은 거짓 목록, 그러한 목록들이 가진 오류에 대한 증거, (…) 당신의 죽음에 관한 진정한 이야기, 갖가지 언어들로 쓰인 모든 책의 번역, 모든 책과 한 권의 책 사이의 중첩" 등이 모두 기록되어 있다. 아무런 의미가 없는 문자열이 반복되는 책도 있다. 말하자면 이곳은 모든 것이 활자화된 곳이다. 태양의 빛이 기록된 '태양 책'도 있을 테고, 꿀꿀대는 소리의 음파마저 기록된 '돼지 책'도 있을 테다. 그곳에는 당신의 일생이 기록된 책도 있다. 그 책은 곧 당신이기도 하다. 나의 유전자 구성이 기록된 책도 있다. 그것 역시 나다.

모든 것이 활자로 분절되어 기록된 이곳은 바벨에 세

워진 도서관이다. 이곳은 바벨일 수밖에 없다. 조각난 언어들을 모으기 가장 좋은 곳은 언어가 조각난 곳이기 때문이다. 성경 속 바벨에 세워졌던 탑을 기억하는가. 하늘 높이 닿으려는 인간의 시도에 분노한 신이 무너뜨린 그 탑 말이다. 그 탑이 무너진 이후로 하나였던 인간의 언어는 여러 갈래로 조각났다. 바벨탑은 곧 파편화된 언어의 상징이다. 바벨의 도서관은 그 단절된 언어를 모두 한곳에 모으려는 시도이며, 한곳에 모인 모든 가능한 조합의 언어는 그 자체로 우주를 상징한다.

나는 죽어서 가는 곳이 이런 곳일 거라고 막연히 상상하곤 한다. 혹은 죽어서 가고 싶은 곳이라고 상상하기도 한다. 여기는 천국도 지옥도 아니고, 오로지 죽은 자들이 스스로 선택한 삶을 영원히 살 수밖에 없는 곳이다. 자신의 일생을 기록한 예언서랍시고 한 권의 책을 놓고 싸우다 또 한 번 죽든지, 무작위적으로 보이는 활자의 배열 속에서 자신만의 진리를 발견하든지, 아무것도 안 하고 누워있든지, '검열관'(소설 내에서 우주와 시간의 기원을 기록한 책을 발견하고자 모험하는 수색자들)이 되어 부서진 층계를 모험하든지. 세계에 어떤 '진리'가 있어서 죽어서야 그걸 깨달을 수 있다면 이런 곳에서밖에는 깨달을 수 없을 테다. 파주에 위치한 지혜의 숲에 갔을 때 티끌만큼이나마 비슷한 느낌을 받았다. 신이시여, 제가 믿지 않아서 염치는 좀 없지만 혹시 죽게 되면 영혼은 이쪽으로 좀 부탁드립니다.

바벨의 도서관에도 신이 있다. 이 소설에서 신은 '책의 인간'이라고 불린다. 기독교에서 예수가 육화肉化된 신이듯, 여기서 '책의 인간'은 육화된 책이다. 어느 책장에는 '나머지 모든 책의 암호임과 동시에 그것들에 대한 완전한 해석인 책'이 존재한다고 한다. 한 사서가 그 책을 훑어보고 신과 유사해졌다. 많은 사람이 그를, 혹은 그 책을 찾아 떠났지만 결국 찾지 못했다. 정말 '책의 인간'이 존재한다면 그 세계는 정당성을 획득했을 것이나, 아무도 그를 찾지 못했고 도서관은 불합리한 곳으로 남았다. 이 문단의 첫 문장을 취소하겠다. 바벨의 도서관에는 신이 없다. 바벨탑을 무너뜨린 신이 바벨의 도서관에 재림하기를 기대하는 것은 지나친 기대일 것이다.

이 무한한 책, 아니 정확히 말하면 25의 1,312,000승 권의 책은 세계를 수학 혹은 인문학의 언어로 해석하는 인간을 위한 세계 지도다. 혹은 세계 조립법이라고 부를 수도 있고, 세계 조리법이라고 부를 수도 있고, 어느 쪽이든 상관없다. 이 엄청난 양의 책이 모인 전능한 도서관은 책을 읽다 눈이 먼 보르헤스가 생각하는 세계의 모습이었을 것이다. 그 모습이란 책이 빽빽이 들어찬 거대한 도서관의 모습을 한 신 혹은 신이 만든 우아한 건축물이다. 도서관이 안에 품은 인간을 내려다보는 모습을, 책들이 수런대며 인간을 지켜보는 모습을 상상해 본다.

이 도서관은 은유로 남을 때 아름답다. 인간이 세계에 존재하는 모든 것을 해석한다고 해서 도서관과 같은 신이 될 수 있는 것은 아니다. 인간은 결코 현실 세계에서 그와 같은 '실제' 바벨의 도서관을 완공할 수 없다. 완공을 바라지도 않는다. 평생 도서관 속을 헤메다 결국 그 안에서 아무런 진리도 얻지 못한 채 삶을 마감하는 것, 무한한 책에 둘러싸여 세계의 미스터리를 궁금해하는 것, 그 궁금함으로 사람들과 마주치고, 싸우고, 신화를 전해 듣고, 책을 읽는 것, 그것이 인간만이 누릴 수 있는 무지無知의 기쁨이라고 생각하기 때문이다.

발견된 책
《하얀 성》

나는 매년 여름 게브제 군에 머물면서 그 군 산하의 폐허 같은 기록 보관소에서 일주일 동안 무엇인가를 습관적으로 긁어모으곤 했는데, 1982년에, 칙령들과 땅문서 등록부, 재판 기록부, 공문서가 빽빽이 찬 먼지투성이 궤짝 안에서 이 필사본을 발견했다. (…) 원작자가 아닌 누군가가 나의 호기심을 더욱더 자극하기 위해 책의 첫 장에 제목을 써놓은 것 같았다. '이불 장수의 의붓아들.' 다른 제목은 없었다. (…) 처음에는 그 책을 반복하여 읽는 것 말고는 달리 어떻게 해야 할지 몰랐다. 그 당시 나는 여전히 역사에 대해 의심하고 있었기 때문에, 이 필서의 학문적, 문화적, 인류학적 또는 '역사적' 가치보다는 이야기 자체에 관심을 두고 싶었다. (…) 이렇게 해서, 내가 반복을 거듭하여 읽었던 이 이야기를, 손에서 담배가 떨어지는 줄도 몰랐던 안경 낀 여자애가 북돋아 준 용기에 힘입

> 어 출판하기로 했다. (…) 책 제목은 내가 아니라, 이 책을 출간하기로 한 출판사가 결정했다. 책머리에 있는 헌사를 본 사람들은 어쩌면 그것에 특별한 의미가 있는지 물을 것이다. 모든 것을 서로 관련지어서 보는 것이 어쩌면 이 시대의 병인 것 같다. 나 역시 이 병에 걸렸기 때문에 이 이야기를 출판한다.
>
> — 파룩 다르븐오울르, 오르한 파묵, 《하얀 성》 中

오르한 파묵의 소설 《하얀 성》은 위와 같은 서문으로 시작한다. 서문을 쓴 사람은 오르한 파묵이 아니라 파묵의 전작 《고요한 집》에 등장한 역사가, 파룩 다르븐오울르다. 뒤에 곧바로 이어지는 《하얀 성》의 본문은 위의 내용에 나오듯 파룩이 게브제의 기록보관소에서 발견한 책의 이야기를 옮긴 것으로 되어있다. 사실상 서문부터가 하나의 소설인 셈이다. 영화로 치면 '파운드 푸티지*found footage*' 장르로 칠 수 있을 이러한 형식은 이미 여러 소설가들이 소설에 현실감을 주기 위해 사용해 왔지만 — 뒤에 나올 《장미의 이름》 역시 그러한 예다 — 그중에서도 《하얀 성》이 지니는 매력은 놀랍다.

곧장 소설의 본문으로 직행해도 될 것 같은데 굳이 가상의 인물이 쓴 서문을 넣어 '앞으로의 내용은 내가 읽은 책의 내용을 옮긴 것이다.'라고 말하는 이유는, 당연하게도 현실과 가상의 봉제선을 정교하게 감추기 위해서다(파묵은 1986년에 쓴 작가 후기에서 이 방법을 스탕달의 《이탈리아 이야기》에서 배웠으며, 나중에 쓸 역사소설에서도 파묵을 계속 이용하기 위해, 그리고 독자들을 난데없이 역사 속으로 들여보낼 때의 당혹감을 줄이기 위해 썼다고 밝히고 있다). 우리는 이 서문을 읽음으로써 책 전체가 실제로 발견된 책, 누군가가 썼다가 버려졌지만 역사가에 의해 구출된 책, 아무도 알지 못한 역사의 작은 단면이 담긴 책이라고 생각하게 된다.

이 형식의 효과를 더 실감 나게 느끼기 위해서는 위의 서문이 없을 때를 가정해 보면 된다. 단숨에 본문으로 들어가 허구가 섞인 역사소설을 읽으면 독자는 자연스럽게 소설 내의 진실과 거짓을 가리려 하게 된다. 이미 우리는 이 현상을 잘 알고 있다. 우리나라의 역사를 다룬 영화나 소설이 등장했을 때 어디까지가 사실이고 어디서부터가 허구인지를 다루는 칼럼, 영상, 강의가 쏟아지는 이유는, 우리가 본능적으로 '진실'에 집착하기 때문이다. 이 소설이 파묵이 터키어로 쓴 터키 역사 소설임을 생각해 보면 충분히 이해가 갈 것이다. 여기에 맞선 이 짧은 서문은, 독자가 시비를 가리려는 충동을 억제하고 소설만이 전하는 일말의 진실에 집중하게끔 만든다. 이러한 입장은 위의 서문에도 드러난다. "역사적 가치보다는 이야기에 관심을 두고 싶었다."는 구절은 파룩의 입장이기도 하지만 파묵의 입장이기도 할 것이다.

재미있는 점은 이 소설 전체를 전달하는 액자로 인해 소설의 내용이 현실 세계에 편입된다는 점이다. 실제로 이 소설이 그렇게 발견된 책이라면 어떻게 할 것인가? 물론 우리는 작가가 그렇게 쓰지 않았음을 안다. 작가의 상상력이 발휘된 책이라는 점도 알고 있다. 그러나 이 사실을 안다고 해서 소설이 지니게 된 주술적인 현실성이 사라지는 것은 아니다. 이미 소설이 이렇게 완성된 이상 독자는 '이 소설이 존재하는 실제 세계'를 상상하게 된다. 세계에는 모든 책이 존재할 모든 가능성이 있다. 실제로 존재하지 않더라도 우리는 그렇게 생각하게 된다. 현실 세계와 가상 세계 사이의 봉제선을 없앰으로써 가상 세계가 현실 세계에 유출되는 현상이 일어난 것이다. 그래서 우리는 이 책을 다 읽고도 이야기가 영원히 이어지는 느낌을 받게 된다.

《왜 세계는 존재하지 않는가》에서 철학자 마르쿠스 가브리엘은, 시선, 범주, 사람 등에 따라 세계의 단일한 상이 존재할 수 없다는 점을 들어 우리가 '세계'라는 단일한 전체 개념을 가질 수 없다고 말한 바 있다. 내가 구성할 수 있는 세계와 개미가 구성하는 세계, 박쥐가 구성하는 세계의 모습은 완전히 다르기 때문이다.

이 주장을 받아들인다면, 나는 그 근거에 소설이 펼치는 세계 역시 포함되어야 한다고 생각한다. 이를테면 이 '발견된 책'이 실재하는 세계는 존재하는 것도, 존재하지 않는 것도 아니다. 정말로 세상에 존재했던 모든 책을 다 구해서 읽어볼 수 있다면, 이 우주뿐만이 아니라 다중 우주에 존재했고 존재하는 모든 책을 구해볼 수만 있다면, 아주 작은 확률로 《하얀 성》과 완전히 같은 내용으로 된 책을 구할 수 있을지도 모른다.

가상과 현실을 넘나드는 이야기로부터 우리는 무엇을 얻는가. 어떤 책은 존재하는 것만으로 가치가 있어서, 그 책이 없는 세계와 그 책이 있는 세계를 비교해 봤을 때, 후자가 조금 더 나은 세계임을 확신하게 될 때가 있다. 나는 그 확신이 책이 펼치는 가상 너머의 진실에서 나온다고 믿는다.

우리는 왜 진실에 집착하는가. 이것은 소설의, 나아가 책의 존재 가치에 대한 물음이다. 모든 책은 언어의 한계를 지닌다는 점에서 일말의 거짓을 내포한다. 이 책 역시 명확히 판정할 수 없는 정도의 거짓, 행간에 도사리고 있는 거짓에서 자유로울 수 없다.

우리는 왜 끊임없이 진실을 요구하면서 책을 읽는가. 그것은 삶의 진실이 때로 가상에, 거짓에, 행간에 있기 때문이다. 가상은 책 넘어 현실에 유출되어 현실의 일부분을 이룬다. 우주를 이 잡듯이 뒤져보면 정말로 책에 나온 세계가 존재할지도 모른다는 존재론적 차원에서뿐만 아니라, 책이 들려주는 가상으로부터 우리가 직접적인 영향을 받고 그로부터 변화한 태도와 행동이 세계에 영향을 준다는 실천적인 차원에서도 그렇다. 이 발견된 책이 세상에 존재하게 됨으로써 내가 쓰고 있는 이 책이 세상에 탄생하게 된 것처럼 말이다.

소실된 책 《장미의 이름》

가짜 그리스도는, 그 사자가 그랬듯이 유대 족속에서 나오는 것도 아니고 먼 이방 족속에서 나오는 것도 아니다. 잘 들어두어라. 가짜 그리스도는 지나친 믿음에서 나올 수도 있고, 하느님이나 진리에 대한 지나친 사랑에서 나올 수도 있는 것이다. 성자 중에서 이단자가 나오고 선견자 중에서 신들린 무당이 나오듯이…. 아드소, 선지자를 두렵게 여겨라. 그리고 진리를 위해서 죽을 수 있는 자를 경계하여라. 진리를 위해 죽을 수 있는 자는 대체로 많은 사람을 저와 함께 죽게 하거나, 때로는 저보다 먼저, 때로는 저 대신 죽게 하는 법이다. 호르헤가, 능히 악마의 대리자 노릇을 할 수 있었던 것은, 저 나름의 진리를 지나치게 사랑한 나머지 허위로 여겨지는 것과 몸 바쳐 싸울 각오가 되어있었기 때문이다. 호르헤가 아리스토텔레스의 서책을 두려워한 것은, 이 책이 능히 모든 진리의 얼굴

> 을 일그러뜨리는 방법을 가르침으로써 우리를 망령의 노예가 되지 않게 해줄 수 있어 보였기 때문이다. 인류를 사랑하는 사람의 할 일은, 사람들로 하여금 진리를 비웃게 하고, 진리로 하여금 웃게 하는 것일 듯하구나. 진리에 대한 지나친 집착에서 우리 자신을 해방하는 일… 이것이야말로 우리가 좇아야 할 궁극적인 진리가 아니겠느냐?
>
> **— 움베르토 에코, 《장미의 이름》 中**

움베르토 에코의 소설 《장미의 이름》은 추리소설의 탈을 쓴 러브레터다. 단지 사랑의 대상이 사람이 아니라 책일 뿐이다. 소설에는 곳곳에 앞선 시대의 책과 역사에 대한 존경심이 숨어있다. 책에 집착하는 수많은 등장인물에 더해서, 눈이 먼 호르헤 수도사는 책을 읽다가 눈이 멀어버린 호르헤 루이스 보르헤스에서 따온 것이고, 그가 일하는 수도원의 도서관 역시 보르헤스의 소설 《바벨의 도서관》에 대한 오마주이며, 윌리엄 수도사는 중세의 유명론 대 실재론 논쟁에서 중요한 역할을 했던 윌리엄 오컴(오컴의 면도날을 이야기할 때 말하는 그 오컴이 맞다)에서 영감을 받은 것으로 보이고, 소설에서 가장 문제가 되는 책은 아리스토텔레스의 《시학》 2권이다(실제로는 존재하지 않는다). 고대 그리스에서부터 중세, 현대에 걸친 인물과 책을 한 시공간에 끌어들임으로써 에코는 인간이 책이라는 오래된 세계와 어떤 관계를 맺는가를 탐구한다.

소설의 주인공은 소설의 초반부터 날카로운 관찰력과 추리력을 보여주는 윌리엄 수도사다. 말의 발자국 상태만을 보고 말의 성격부터 이름까지 추론해 내는 윌리엄은 일견 셜록을 연상시킬 만큼 논리적이다. 신을 믿고 따르는 이에게 강력한 이성과 논리를 기대하기는 쉽지 않은바, 수도사라고 하는 윌리엄이 펼치는 추리를 바라보면서 명민한 독자는 자연스럽게 중세의 특별한 한 시대를 떠올리게 된다. 신앙이 지배하는 사회 속에서도 격렬한 철학적 논쟁이 벌어졌던 시대, 그 논쟁은 인간이라면 피할 수 없는 것이어서 아랍 문화권에서도 완전히 동일한 내용의 철학적 논쟁이 벌어졌던 시대, 바로 스콜라 철학의 시대다.

스콜라 철학은 신앙에 이성적인 기초를 제공하는 것을 목표로 한 기독교 철학이다. 이 시대에 벌어졌던 대표적인 논쟁이 보편 논쟁이다. 보편자普遍者, 즉 우리가 상정하는 보편적인 개념, 이를테면 검은색, 인간, 장미

같은 추상적 일반 개념이 실제로 존재하는지를 두고 상반된 두 입장이 격렬하게 부딪혔다. 실재론을 주장한 학자들은 구체적인 사물에 보편성을 부여하는 보편자가 존재한다고 주장했고, 유명론을 주장한 학자들은 이 개념들이 구체적인 사물로부터 추상화해 낸 이름에 불과하다고 생각했다. 유명론의 주장은 추상화의 끝에 해당하는 최고의 보편자이자 최고의 보편자를 만들어낸 자, 즉 신의 존재에 대한 위협이 될 수도 있었기에 논쟁은 불타올랐다. 윌리엄 수도사의 원형으로 보이는 윌리엄 오컴은 이 논쟁에서 강력하게 유명론을 주장했던 수도사이자 학자였다. 그런 배경에서 보면 이 소설의 주인공이 윌리엄인 데에서 이미 결말이 예정되어 있다고도 볼 수 있다. '이름뿐인 진리.'

이 소설이 긴 여운을 남기는 이유 중 하나는 결국 호르헤 수도사가 숨기고자 했던 책, 모두가 찾던 그 책이 수많은 책과 함께 불타 없어지는 결말로 마무리되기 때문이다. 바벨의 도서관에서 이미지를 가져온 그 도서관에서는 실로 많은 책이 보관되어 있었던 것으로 보이나, 마지막 화재로 전소全燒한다. 모든 책이 소실됨으로써 진리의 허위는 벗겨지고 독자는 현실 세계로 돌아온다. 우리는 현실 세계로 되돌아오는 대신 불타서 텅 비어버린 현실의 한 부분을 발견한다.

윌리엄 수도사는 불타는 도서관을 바라보며 아드소에게 말한다. "호르헤가 아리스토텔레스의 서책을 두려워한 것은, 이 책이 능히 모든 진리의 얼굴을 일그러뜨리는 방법을 가르침으로써 우리를 망령의 노예가 되지 않게 해줄 수 있어 보였기 때문이다. 진리에 대한 지나친 집착에서 우리 자신을 해방하는 일… 이것이야말로 우리가 좇아야 할 궁극적인 진리가 아니겠느냐?" 호르헤는 절대적이라고 믿는 진리를 수호하고자 하는 눈먼 인간, 윌리엄은 인간에게 허위에서 깨어날 것을 요청하는 합리적 인간이다. 자신이 믿는 책(《성경》)의 진리를 위해 책(《시학》)을 숨기고 인간을 죽이는 인간은 결국 진리로부터 멀어져 책과 함께 소실될 뿐이다. 신이 호르헤에게 진리를 지키기 위해 사람을 죽이라고 할 텐가? 그것을 진리라고 부를 수 있겠는가? 에코는 윌리엄 수도사의 입을 빌려 독자에게 진리라는 이름에 매몰되지 말 것을, 책과 진리의 세계보다 현실 세계, 우리가 발딛고 살고 있는 세계의 주인이 될 것을 요청한다. 이 요청을 책의 등장인물이 한다는 것은 재미있는 아이러니다. 자신의 세계를 버리라는 말이기 때문이다. 책은 현실 세계를 넘어설 수 없는가. 에코는《장미의 이름 작가 노트》에서 이렇게 말한다.

> 파리의 울리포 그룹이 최근에, 가능한 살인 소설의 경우를 모두 입력하고 소설의 새 가능성을 모색하는 과정에서, 독자를 범인으로 삼는 책은 여전히 가능하다는 사실을 발견했다고 한다. (…) 결론. 책을 쓰는 데는, 결코 개인적인 것일 수 없는 강박적인 생각이 따라붙는다. 그것은, 책이라고 하는 것은 스스로 말하는 것이라는 생각이고, 결국 범인을 캐고 들어가면 우리 모두가 유죄라고 하는 생각이다.

에코는 여전히 책이 하나의 생물로 기능하며 독자와 상호작용할 수 있다고 생각하는 셈이다. 진리의 세계로부터 현실 세계로 돌아가라고 말하는 책이라니, 그것 역시 책이 말하는 진리 아닌가. 그렇다면 책이 요구하는 '자신을 버리라'는 진리를 버리고, 우리는 다시금 책의 진리에 목을 맬 수도 있을 것이다. 이 뱅글뱅글 도는 자기 지시적 주제는 에셔의 〈그리는 손〉이라는 그림을 연상시킨다.

《장미의 이름》은 소설 속에서 '소실된' 희서를 '남김'으로써 스스로가 하나의 상징이 된다. "지난날의 장미는 이제 그 이름뿐, 우리에게 남은 것은 그 덧없는 이름뿐*stat rosa pristina nomine, nomina nuda tenemus*." 결국 우리에게 남는 것은 진리도 책도 아니고, 책 속의 진리는 세상을 넘어설 수 없으며, 목숨을 바쳐 지키고자 하는 진리도 이름에 불과할 수 있다는 상징 말이다. 하지만 정말로 그러한가? 책 속의 진리가 세상을 넘어서지 못하는 게 아니라, 세상의 진리가 책에 기록된 것은 아닌가? 그러므로 그 메시지를 따를지 말지는 본인의 결정이다. 나는, 소실된 책을 찾아서 보고 싶은 독자이자, 남는 것은 활자뿐이라고 믿는 인간이다. 어리석을지라도, 기어이 그렇다.

파괴된 책
《너무 시끄러운 고독》

삼십오 년째 나는 폐지 더미 속에서 일하고 있다. 이 일이야말로 나의 온전한 러브 스토리다. 삼십오 년째 책과 폐지를 압축하느라 삼십오 년간 활자에 찌든 나는, 그동안 내 손으로 족히 3톤은 압축했을 백과사전들과 흡사한 모습이 되어버렸다. 나는 맑은 샘물과 고인 물이 가득한 항아리여서 조금만 몸을 기울여도 근사한 생각의 물줄기가 흘러나온다. 뜻하지 않게 교양을 쌓게 된 나는 이제 어느 것이 내 생각이고 어느 것이 책에서 읽은 건지도 명확히 구분할 수 없게 되었다. 지난 삼십오 년간 나는 그렇게 주변 세계에 적응해 왔다. 사실 내 독서는 딱히 읽는 행위라고 말할 수 없다. 나는 근사한 문장을 통째로 쪼아 사탕처럼 빨아 먹고, 작은 잔에 든 리큐어처럼 홀짝대며 음미한다. 사상이 내 안에 알코올처럼 녹아들 때까지. 문장은 천천히 스며들어 나의 뇌와 심장을 적실 뿐 아니라 혈관 깊숙이 모세혈관까지 비집고 들어온다. 그런 식으로 나는 단 한 달 만에 2톤의 책을 압축한다.

— 보후밀 흐라발, 《너무 시끄러운 고독》 中

첫 페이지를 읽는 순간 확신했다. 어떤 결말로 마무리 되든, 나는 이 책을 좋아하게 되리라는 것을. 《너무 시끄러운 고독》은 삼십오 년간 지하에서 폐지를 압축하며 살아온 사람의 이야기다. 한탸는 느리게, 폐지 더미를 탐식하듯 읽는다. 거기에는 괴테의 《파우스트》도, 노자의 《도덕경》도, 에라스뮈스의 《우신예찬》도, 니체의 《차라투스트라는 이렇게 말했다》도 있다. 폐지 압축에 속도를 내기보다 멍하니 책을 읽는 그에게는 금방 일거리가 쌓이고, 이내 천장의 뚜껑까지 폐지가 쌓이고 나면 그는 세상의 버려진 활자들에 말 그대로 '둘러싸인다'.

하루 종일 더러운 지하에서 일을 하는 그가 '밤하늘의 별과 마음속의 정언명령'을 이야기하는 칸트를 읽는 것은 아이러니다. 가장 더러운 곳에서 가장 고결한 정신을 떠받드는 그가 가장 고결한 정신을 압축기에 넣고 곤죽을 만든다는 것도 아이러니다. 지하실에서 두서없는 혼잣말을 하는 그는 도스토옙스키의 《지하로부터의 수기》의 주인공을 닮았다. 그는 그렇게 활자를 파괴하면서, 혹은 녹이면서, 그 모든 정신을 자기 몸과 정신에 삼킨다. 그러나 새로운 기계식 압축기의 등장으로 그는 외면받고, 평생 폐지와 활자와 정신만을 바라본 한탸는 말 그대로 한 명의 '버려진 책'이 된다.

한탸를 결말로 몰아간 새로운 압축기는 한탸의 지하실과 반대되는 가치를 상징한다. 효율성, 수익성, 개인성, 현대성. 이 번지르르한 말들은 우리 삶을 풍요롭게 만든 대가를 확실하게 가져갔다. 그것이 무엇인지는 이미 지겨울 만큼 이야기되었다. 한 마디로 압축하면 '인간성'이라는 대가다. 우리는 한탸와는 다른 세상에 살고 있지만, 활자를 사랑하는 이라면 폐지를 좇아 지하로 내려간 그에게 공감하지 않을 수 없을 것이다. 개발의 단어들. 경영의 단어들. 인간을 정신이 아닌 도구로 전락시키는 단어들로부터 도망치고 싶어 하는 이들이 고지식한 활자의 친구가 된다.

이런 인간성의 상실을 책에서는 '프로그레수스 아드 오리기넴*progressus ad originem*'(근원으로의 전진)과 '레그레수스 아드 푸트룸*regressus ad futurum*'(미래로의 후퇴)이라는 말로 표현한다. 원래 한타는 예수가 미래로의 전진을, 노자가 근원으로의 후퇴를 상징한다고 파악했다. 그러나 우리는 예수도 노자도 잃고, 앞과 뒤도 잃고, 그저 미래로 후퇴한다. 이대로라면 미래로 나아갈수록 인간으로부터 멀어질 뿐이다(그렇다고 과거가 아주 인간적이지도 못했지만). 투자 대비 효용만 따지는 이 사회에 계속 살면서 미치지 않는 것은 재능이다. 여기로부터 도망치려면 미래도 과거도 아닌 근원으로 전진하는 길밖에는 없다. 그곳에는 상실된 것들이 묻혀있을 것이다. 우리는 그렇게 지하로 내려간다. 폐지가 가득 쌓여있는 지하실로.

한타는 최후의 문지기처럼 보이기도 한다. 그는 지하실에서 압축되는 책의 마지막 심판자 같은 존재다. 그에게는 훌륭한 고전도 들어오지만, 2차 세계 대전이 끝난 후 나치 문학을 담은 책과 팸플릿도 잔뜩 들어온다. 칸트의 책을 음미할 때 심혈을 기울이는 만큼이나, 한타는 게슈타포에 체포되어 소각로에서 태워졌을 집시 여인을 간절히 생각하며 나치 선전물을 파쇄한다. 그 어떤 기계식 압축기도 이 일을 할 수 없을 것이다. 그에게 기억되는 자들에게 축복 있으라.

이 책을 읽는 내내, 이 책의 모든 활자를 한 자씩 씹어 삼키고 싶었다. '이 책을 쓰기 위해 이 세상에 왔다'는 작가의 말을 이해했다. 그리고 흐라발이 나만큼, 혹은 나 이상으로 활자를 사랑한 인간임을 알았다. 온갖 책에서 얻은 사유를 자유롭게 펼치는 한탸 뒤에서 흐라발이 웃는 모습이 보인다. 나의 기억은 한탸만큼이나 활자로 구성되어 있다. 책을 읽어삼키지 않고서는 삶을 이어나가기 어려웠고, 삶을 글로 토해내지 않고서는 납득하기 어려웠다. 나는 내가 읽은 것과 쓴 것의 총합이다. 그 양도 질도 변변찮지만 그렇게밖에는 나를 정의할 방법이 없다.

소설도, 시도, 학문도, 결국 인간이 죽는 존재이기에 지속되는 것이라고 말하면 비약일까. 그 어떤 글도 죽음에서 자유로울 수 없기에, 활자로 정의되는 인간은 필연적으로 죽음을 생각한다. 흐라발 역시 소설이 압축기에서의 죽음으로 끝나지 않으면 안 된다고 생각했을 것이다. 결국 압축기에 들어가는 것이 우리 삶의 결말이 아니던가. 파괴되는 책을 바라보기 안타까운 이유는 곧 한 권의 책이 한 명의 사람만큼이나 하나의 세계를 품고 있으며, 그리하여 파괴되는 책은 곧 죽어가는 사람과 같기 때문이 아니겠는가. 나의 죽음이 어떤 모습일지 생각해 본다. 나의 몸과 정신이 활자로 인쇄되어 압축기 속에서 녹아내릴 모습을 상상해 본다. 파괴되는 책은 곧 파괴되는 인간이다. 곤죽이 되는 폐지를 보며 섬뜩함을 느낀 사람은 나뿐만이 아닐 것이다.

그러나 한탸는 파괴됨으로써 승천한다. "내 승천은 이렇게 이루어진다." 한탸는 알고 있다. 그는 책과 함께 죽음을 맞이함으로써 자신의 천국에 입성한다. "압축통 벽에 눌려 내 다리와 턱이 들러붙고 그보다 더 끔찍한 일이 이어진다 해도 결단코 두 손 놓고 천국에서 추방당하지는 않을 것이다. 그 무엇도 나를 내 지하실에서 몰아낼 수 없을 것이다." 죽어가는 한탸의 다짐은 천국에 이를 악물고 들어가는 이의 선언이다. 그의 천국은 지하에 있다. 천국 외에 그에게는 갈 수 있는 곳이 없다.

한탸의 죽음은 그가 읽은 정신들의 죽음이자 그가 기억하는 이들의 죽음이기도 하다. 또한 버려진 책들의 죽음이며, 잊혀간 이들의 죽음이다. 그러나 인간의 고결한 정신은 활자가 파괴되더라도 마침내 독자들의 정신에 스며들어 면면히 전해지는 법이다. 한탸의 죽음을, 그리고 수없이 파괴된 책을 애도하는 가장 좋은 방법은 지금껏 파괴된 책들에 경의를 표하고 그들을 기억하는 것이다. 그리고 우리 역시 마침내 파괴될 책임을 잊지 않는 것이다. 그는 '폐지로 들어온' 괴테, 노자, 칸트, 세네카를 읽은 사람이다. 우리 대신 인간성의 한 부분을 지켜낸 그에게 보낼 애도 한 자락쯤은 준비하고 있어도 좋을 것이다. 그 무엇보다, 평생 책을 압축하다 책과 함께 죽은 이를 사랑하지 않을 수는 없지 않겠는가.

다시, 세계가 된 책
《은유가 된 독자》

아우구스티누스는 언어가 우리의 이해력을 높일 수 있다고 주장하는데, 독자의 정신이 텍스트를 걸러내는 역할을 하리라 생각한 것이다. 모든 활동 중에서 특히 독서는 일정한 공간을 필요로 한다. 일상에서 벗어난 독자는 고상한 주제들을 곱씹는데, 그것은 책장에 적힌 텍스트를 해독해서라기보다는, 텍스트가 이끄는 대로 내면 여행에 빠져들기 때문이다. 아우구스티누스는 육신의 부활만이 궁극의 행복이라고 믿었지만, 세속의 여행자들도 독서를 통해 깨달음을 얻으면 그와 비슷한 상태에 도달하리라고 생각했다. 독서와 글쓰기는 아담과 이브에게 원죄의 대가로 부여된 신성한 재능 또는 의무였기 때문이다. 물론 최후의 심판 때 마지막 나팔 소리가 들리며 언어가 또다시 불필요하게 되면, 독서와 글쓰기는 지상에서 완전히 사라질 것이다. 그러나 언어는 불완전하지만 여전

> 히 필요한 수단이고, 우리가 이 세상에 속해 있는 동안 유일한 유산으로 남아있을 것이다.
>
> — 알베르토 망구엘, 《은유가 된 독자》 中

조금 전에 나온 보르헤스의 《바벨의 도서관》을 기억하시는가. 세계는 이미 오래 전부터 한 권의, 또는 무한한 수의 책이었다. "빛이 있으라."는 말씀으로부터 세상이 창조되었다는 성경의 이야기는 의미심장한 은유다. 여기에서의 신, 혹은 '말씀'은 '로고스*logos*', 그리스어로 말, 언어, 이성, 논리 등의 뜻을 가지는 단어다. 세상의 정신이 언어로 되어있으니, 세상은 언어로부터 잉태되었다. '빛'이 빛이고, '있다'가 존재라면, 그리하여 단어와 그 의미가 하나로 합치되던 때로부터 세계가 유래했다면, 이 세계는 단어와 단어의 결합들로 이루어진 셈이다.

언어로 수행된 창조 이후 수천 년이 흘러 인간은 분절된 언어로 문명을 쌓아 올렸다. 이제 우리는 이미지와 영상이 지배하는 사회에 사는 듯 보이지만, 세계는 여전히 언어로 이루어져 있다. 생활을 규제하는 법도, 돈을 다루는 경제도, 사회의 방향을 탐지하는 이념도 언어로 구성된다. 일상적인 대화, 사랑한다는 말, 절절한 시도 모두 언어다. 세상은 곧 독자가 읽는 책이며, 책은 곧 독자가 방문하는 여행지다. 우리가 의식하든 의식하지 못하든 세계와 책은 서로의 은유가 되어 독자를 가운데에 둔 한 쌍의 거울처럼 서 있다.

알베르토 망구엘의 책《은유가 된 독자》는 독자가 세상이라는 책 — 혹은 책이라는 세상 — 을 여행하는 여행자, 상아탑 속의 은둔자, 그리고 책을 집어삼키는 책벌레 혹은 책바보로 은유 되어 온 역사를 다룬다. 세르반테스, 플로베르, 단테, 아우구스티누스 등의 작가를 넘나들며 이야기를 풀어나가는 망구엘은 책을 통해 그 스스로가 얼마나 지독한 책벌레인지를 증명한다. 자신을 '독서가'라고 소개하는 이 작가에게는 세상이 단어로 이루어져 있다는 확신이 있다.

그가 책에서 언급하는 사람들은 모두 책을 사랑한 작가들이었다. 책을 읽은 사람들의 책을 읽은 망구엘이 쓴 책을 읽고 나는 쓴다. 말하자면 이 장에 한하여 이 책은, '책을 사랑한 이들이 쓴 책에 대한 책에 대한 책'이 되는 셈이다(멋지지 않은가!). 읽는 내내 망구엘에게 동지 의식을 느낀 내가, 그가 먹어 치운 활자를 잘 소화하여

뱉어낸 활자를 다시 잘 씹어 삼켜 이곳에 정리한다. 이 기묘한 관계는 이 세상에서 어떻게 서로 다른 작은 세상들이 중첩되어 있는가를 보여주는 은유이기도 하다. 우리는 서로 다른 각자의 세상에서 살고 있으니 말이다.

책은 유일하게 우리가 두 번 이상 살 수 있는 세상이다. 활자는 시간에 귀속되지 않기 때문이다. 앞서 차마 헤아리지 못했던 의미를 뒤에 가서 깨달을 수도 있고, 그 깨달음을 가지고 다시 한번 앞에서부터 살아볼 수도 있다. 세상의 의미를 앞장 뒷장 넘기며 재구성할 수 있다면 얼마나 좋을까. 우리가 인생에서 겪는 우울의 매우 큰 원인 중 하나를 꼽는다면 그것은 '회한'일 것이다. 삶을 돌이킬 수 없다는 상실감, 저지른 일을 쓸어 담을 수 없다는 패배감, 지금에 와서는 아무것도 할 수 없다는 무기력함, 그리고 모든 결과를 책임지고서라도 계속 살아 나가지 않을 수는 없다는 아득함, 이 모두가 한데 얽힌 회한은 시간에 귀속된 인간의 가장 큰 약점이다. 영원한 신은 이런 감정을 결코 겪지 않으나 태어나 죽는 방향만이 허락된 인간은 이 약점을 피해 갈 수 없다. 그것이 《바벨의 도서관》에서 수많은 사람들이 자신만의 예언서를 찾으러 떠난 이유이리라.

그러나 우리는, 아주 가끔, 책을 여러 번 읽음으로써 같은 삶을 여러 번 체험할 수 있다. 책의 내용을 바꿀 수는 없으나 적어도 앞으로 어떤 내용이 나오는지는 알 수 있다. 등장인물의 미래를 알 수 있다는 것은 얼마나 큰 특권인가. 그 순간만큼은, 우리는 같은 삶을 여러 번 체험하는 동시에 신의 관점에서 등장인물을 바라볼 수 있다.

또한 책은 살아보지 못한 세계를 살게 해주기도 한다. 망구엘의 책에 따르면 지금껏 독자가 상아탑 속의 은둔자로 비유된 예를 수없이 찾아볼 수 있지만, 실상은 그들만큼 극적으로 다른 세계를 체험한 이들도 없다. 그들은 세상의 자극이 차단된 곳에서 오로지 책이 보여주는 다른 세상에 집중한 사람들이다. 우리는《신곡》을 따라가며 지옥, 연옥, 천국을 체험해 볼 수 있다. 〈파운데이션〉 시리즈를 따라가며 은하제국의 탄생과 몰락을 경험할 수도 있다. 나와 다른 성별로 살아볼 수도, 다른 시대에 살아볼 수도 있다. 그 어떤 매체도 책만큼 거대한, 혹은 세밀한, 혹은 완전히 다른 세상을 보여주지 못한다(책은 언어로 묘사하면 그만이지만, TV나 영화는 제작비가 든다).

타인의 삶을 살아보는 것은 언어로 세상을 여행하는 독자들의 또 다른 특권이다. 그 누가 이들에게 '책밖에 모르는 바보'라고 할 텐가? 나는 '직접 살기 위해 책을 읽지 않는다'는 말을 믿지 않는다. 진정으로 직접 살기 위해서는 책을 읽어야 하기 때문이다. 책을 살아본 이들이 세상의 수많은 삶을 이해할 수 있으리라.

독자는 여행자로도, 은둔자로도, 바보로도 비유되어 왔지만 나는 세상을 살아가는 모든 이들이 자신에게 주어진 암호문 같은 책을 읽어내는 독자들이자, 새로운 책을 써내는 작가들이라고 생각한다. 때로는 다른 이의 책에 몇 마디를 보태고, 페이지를 찢고, 자신의 책에 드문드문 적힌 힌트를 두고 머리를 싸매고, 그 아래에 자신의 풀이를 적어나가는 이들, 그중에서도 종이로 된 책을 펼쳐놓고 자기 삶에 옮겨적을 글줄을 찾아 헤매는 현실의 독자들에게 반가움과 동지애를 표하고 싶다. "삶이 있으라." 말하니 책이 쓰이고 독자들이 보기에 좋았더라.

세계 속 책

앞서 여러 책을 읽고 난 후 이제 창밖을 내다보며 1928년 10월 26일 아침에 런던은 무엇을 하고 있는지 보고 싶어졌습니다. 런던은 무엇을 하고 있을까요? 누구도《안토니와 클레오파트라》를 읽고 있는 것 같지는 않았습니다. 런던은 셰익스피어의 희곡에 전혀 관심이 없는 듯했지요. 어느 누구도 소설의 미래나 시의 죽음, 평범한 여성의 마음을 완벽하게 표현해 줄 산문체의 발달에 대해 털끝만큼도 신경 쓰지 않았습니다.

— 버지니아 울프,《자기만의 방》中

책을 다루는 매체들

책을 다루는 매체는 수없이 많다. 예전보다는 많이 줄었지만, 라디오, 텔레비전, 팟캐스트, 신문과 잡지까지, 거의 모든 매체에서 책을 소개하거나 평가하는 이야기를 싣는다. 인터넷에서도 포털의 책 관련 페이지를 찾아볼 수 있고, 유튜브에서 책을 다루는 채널 역시 증가하고 있다. 사람들에게 책이란 닿기 귀찮은 노스텔지어 같은 존재인 걸까. 매체에서 잊을 만하면 책을 다루는 이유는 사람들의 책에 대한 로망이 아직 꺼지지 않았기 때문일 것이다.

TV

세기 초에 전설적인 TV 프로그램이 있었다. MBC에서 하던 〈느낌표〉라는 예능 프로그램이다. 당시 TV를 보던 사람이라면 이 프로그램을 기억하지 못하는 사람은 거의 없을 것이다. 예능 프로그램이면서도 사회적으로 의미를 가지는 꼭지들을 연달아 방송해 큰 인기를 얻었다. 당시 0교시라는 말도 안 되는 명분으로 아침 일곱 시까지 학교를 향하던 학생들에게 깜짝 아침밥을 선물하고(결국 0교시 폐지라는 놀라운 성과를 이뤄냈다), 길거리에서 명사 특강을 하고, 외국인 노동자들이 가족을 찾아갈 수 있게 하는 등의 꼭지들이었다.

여러 꼭지 중에서도 가장 큰 인기를 얻었던 것이 〈책책책 책을 읽읍시다!〉였다. 유재석과 김용만이 진행했던 이 꼭지에서는 무려 故 노무현 대통령의 초대로 청와대를 찾아가기까지 했으니 그야말로 〈느낌표〉를 국민 프로그램으로 만든 일등공신이었던 셈이다. 한 달에 한 권의 선정 도서를 발표하고 시민들과 책에 대해 인터뷰하는 식의 꼭지였는데, 이때 발표된 선정 도서는 순식간에 전국 베스트셀러에 올랐고, 이 꼭지가 인기를 얻는 동안 전국적으로 책 읽기 열풍이 불었다. 도서관이 없는 지역에 도서관을 건립하는 프로젝트도 함께 이뤄졌다. 당시에 선정된 책을 보면 《괭이부리말 아이들》, 《봉순이 언니》, 《그 많던 싱아는 누가 다 먹었을까》, 《신경림의 시인을 찾아서》, 《톨스토이 단편선》, 《정재승의 과학 콘서트》 등 대중적이면서도 좋은 책들이고, 대부분 우리나라 작가가 쓴 책들이다. 이 프로그램이 방영되었을 때만큼 모든 사람이 책을 열심히 읽었던 때가 있을까. 지하철에서도, 길거리 벤치에서도 꽤 많은 사람이 책을 읽었다. 지금 생각하면 초현실적인 풍경들이다.

이후에는 TV에서 책을 다루는 프로그램이 그리 큰 인기를 얻지 못했다. 예능 프로그램보다는 교양 프로그램으로 많이 다루어졌고, 사람들이 TV를 많이 시청하는 시간에 배정되지도 못했기 때문이다. 지금까지도 〈TV책〉, 〈책 읽는 밤〉, 〈TV책방 북소리〉, 〈TV 책을 보다〉 등 이름도 비슷한 프로그램이 꾸준히 생기고 없어지기를 반복하고 있지만 그걸 아는 사람은 많지 않다. 그나마 유명한 연예인이 나와 예능 프로그램으로 구성되는 프로그램들, 이를테면 노홍철이 진행해 유명해진

〈책번개〉나 꽤 많은 시청자를 모았던 〈비밀독서단〉 정도가 사람들에게 알려진 방송이다. 교양과 예능이 결합한 형태의 프로그램이 대부분 강연 프로그램의 포맷으로 넘어갔기 때문에 책을 집중적으로 다루는 프로그램은 앞으로도 이런 양상으로 등장하고 사라질 듯하다.

팟캐스트

TV에서 자취를 감춘 대신 책은 듣기의 영역으로 넘어갔다. 책을 다루는 팟캐스트는 지금도 독자들에게 호응이 좋다. 이동진 영화평론가가 주축이 되어 진행하는 〈빨간책방〉, 싱어송라이터 요조와 장강명 작가가 진행하는 〈책 이게 뭐라고〉, 김영하 작가가 진행하는 〈책 읽는 시간〉 등의 프로그램이 인기를 얻고 있고, 창비, 문학동네, 교보문고 등도 자체적인 팟캐스트 채널을 운영하고 있다. 이런 팟캐스트는 주로 출판사와 연계되어 있어 독자들에게 집중적인 마케팅이 가능하고, 독자들은 다른 일을 하면서 라디오처럼 들을 수 있다는 점 때문에 계속해서 사랑받고 있다.

유난히 듣는 방식일 때 책 이야기가 사랑받는 이유는 책의 특성 때문일 것이다. 영화를 다루는 프로그램에서는 자료 화면을 통해 시청각을 모두 활용할 수 있는 반면, 책은 활자 매체의 특성상 시각적으로 전달할 정보가 많지 않다. 그래서 만드는 입장에서도 청각만을 활용하기를 선택하게 되고, 청자들은 감각 정보의 90% 정도를 차지하는 시각으로는 다른 일을 병행하는 것이다. 많은 청자들이 빨래를 개키면서, 설거지를 하면서, 청소기를 돌리면서 팟캐스트를 듣는다(나 역시 한동안 핸드폰으로 게임을 하며 팟캐스트를 듣는 게 습관이었다).◘

이것은 TV나 유튜브에서 책을 다룰 때 어떤 한계가 있는지를 명확히 보여주는 반증이기도 하다. 시각 자극을 무엇으로 충족할 것인가. 어떤 프로그램은 예능적인 구성과 연예인, 초대 손님 등으로 시각 자극을 채우고, 어떤 프로그램은 사실상 시각을 포기하고 팟캐스트와 비슷한 구성으로 진행한다. 어느 쪽을 선택해 어떻게

◘ 이 책을 쓴 후인 2019년 10월부터 4년 6개월 동안 MBC 표준 FM에서 〈라디오 북클럽 김겨울입니다〉라는 프로그램을 진행했다. 이 프로그램을 라디오로, 팟캐스트로 들어준 청취자들에게 감사를 전하고 싶다.

운영할 것인가. 유튜브 채널을 운영하는 입장에서 가장 고민이 큰 부분이다.

신문, 잡지

활자를 말로, 또 화면으로 옮기는 것보다는 활자를 활자로 옮기는 편이 훨씬 수월하다. 그런 면에서 전통적인 활자 매체인 신문과 잡지는 책을 다루기에 가장 좋은 매체다. 여전히 이들 매체에는 서평이 꾸준히 올라오고 있으며, 앞으로도 쉬이 사라지지는 않을 것이다.

물론 이들 매체 역시 활자 시대의 변화를 함께 겪고 있다. 많은 종이 신문이 인터넷 뉴스로, 또 카드 뉴스로 독자와의 접촉 방식을 바꿔나간다. 인터넷 뉴스 기사로 서평이 올라오긴 하지만 다른 뉴스에 비해 호응도는 낮다. 잡지는 문학잡지, 미스터리 잡지와 같은 방향을 통해 나름의 돌파구를 찾은 듯하지만 책 자체를 소개하고 다루는 잡지는 많지 않다. 새로 창간된 잡지들의 독자는 책의 독자와 크게 다르지 않으며, 비非독자를 독자로 만들기에는 어려움이 있을 것이라고 본다.

그럼에도 불구하고 이 매체들은 사라지지 않을 것이고 — 그렇게 소망하고 — 이와 같은 활자 매체에서 책을 다루지 않는 날 역시 오지 않을 것이다. 좋은 잡지와 좋은 신문 서평을 포기하지 못하는 나와 같은 인간들이 활자로 다루는 활자 이야기를 이어나갈 것이기 때문이다. 이 책 역시 그러한 이야기다.

책에 주어지는 상

책을 홍보할 때 흔히 쓰이는 문구가 있다. "20○○년 ○○○상 수상!" 권위 있는 상을 받은 책이라는 홍보 문구는 구매자가 굳이 책을 읽어보지 않아도 살 가치가 충분히 있다는 출판사의 설득이다. 그 설득을 마주하면, 상을 받은 책은 실제로 좋은 책인 경우가 많으니 이왕이면 한번 읽어보자는 심리가 발동한다. 물론 모든 상이 그런 충동을 불러일으키는 것은 아니다. 사람들에게 이름이 잘 알려져 있고 그 권위를 인정받는 상인 경우에 광고 문구는 강력한 힘을 발휘한다.

상을 준다는 것은 해당 분야에 업적을 남긴 사람에게 명예와 돈을 주고 치하하겠다는 의미다. 어느 분야든 전국적, 혹은 국제적 상이 존재하는 분야에서는 종사하는 사람들에게 일정한 명예가 주어진다. 그 분야를 꿈꾸는 사람들도 생겨난다. 상은 또한 해당 분야가 앞으로 나아가야 할 방향을 제시하는 역할을 하기도 한다. 앞으로 발전해야 할 필요성이 전혀 없는 분야에서는 상을 줄 요인도 적다. 그래서 책에 큰 상을 준다는 것은 책이라는 물질, 또 그 안에 담긴 글이 이 사회와 사람들에게 영향을 주고 있으며, 글을 쓰는 활동이 지속적으로 격려할 만한 인류의 활동이라는 뜻이다.

책에 주어지는 국제적인 상에는 노벨문학상, 한강 작가의 수상으로 유명해진 맨부커 국제상 및 맨부커상, 프랑스의 문학상인 공쿠르상, 미국 내에서 저널리즘 분야와 문학 분야의 여러 부문으로 나누어 시상하는 퓰리처상 등이 있다. 국내에서는 비교적 문학상이 유명한 편인데, 이상문학상이나 동인문학상, 현대문학상, 미당문학상 등의 이름이 친숙할 것이다. 그 외에 SF 작가들에게 주어지는 휴고상과 네뷸러상, 일본의 문학상인 아쿠타가와상 등도 있다. 대부분의 상은 해당 연도의 작품을 지정하여 그 작가에게 시상하지만, 노벨문학상은 작품이 아닌 작가에게 주어진다.

아마 이중 한국 출판업계에 가장 큰 영향을 주는 상

은 노벨문학상일 것이다. 유력 출판사 직원들부터 온라인 서점 직원들까지, 그날은 야근을 감행하며 결과를 지켜본다. 예상되는 수상 작가 몇 명에 맞추어 미리 이벤트 페이지를 만들어두고 발표되자마자 몇 시간 안으로 이용자들에게 이벤트 알림을 보낸다. 그 이유는, 당연히 노벨문학상 특수를 누릴 수 있기 때문이다. 이 특수는 정말 그때만 반짝하는 것이어서 이 시기를 놓치면 곤란하다. 우리나라뿐만 아니라 전 세계적으로 노벨문학상을 받은 작가의 책은 곧바로 판매고가 오른다. 외국 서적보다 국내 서적이 잘 팔리기로 유명한 미국에서도 노벨문학상이 발표되면 해당 작가의 작품은 큰 주목을 받는다.

나는 '더 좋은 책'과 '덜 좋은 책'이 분명히 존재한다고 생각한다. 예술에 우열이 있냐는 질문에 '그렇다'고 답하면 엘리트주의자로 매도되곤 하지만, 잠깐만 생각해 봐도 르누아르가 그린 그림과 내가 그린 그림은, 내가 얼마나 진심을 다해서 그림을 그렸든 상관없이, 가치도 수준도 전혀 동일할 수 없다. 작품에 대한 선호를 무조건 취향 문제로만 치부하는 것은 각 분야에서 쌓아온 규칙과 역사, 성취에 대한 모욕이다. 우리는 예술을 논함에 있어 '취향을 존중해달라'라고만 말할 수 없다. 이 말은 때로 무지無知에 대한 좋은 명분이 될 뿐이다. 책에 주어지는 상은 '더 좋은 책'에 주어진다. 여기서 '더 좋음'과 '덜 좋음'을 구분하는 것은 취향이 아니다. 작가의 성취다.

바로 이 지점에서 문학상의, 특히 노벨문학상의 아이러니가 드러난다. 노벨문학상은 대체로 '더 좋은 책'을 쓰는 작가들 사이에서의 고민이다. 매년 발표되는 예상 수상자의 면면은 화려하고, 그중 '덜 좋은 책'을 쓰는 이는 없다. 하지만 주최 측은 한 명을 골라야 한다. 대륙 분배도 고려해야 하고, 요새는 나름의 파격성도 갖추려 하는 듯하다. 그 결과 결코 전 인류적 성취를 하지 못했다고 말할 수 없는 작가들이 노벨문학상을 받지 못했다. 그나마 상을 못 받은 것이 전 세계적으로 알려진 작가들은 덜 억울하겠지만, 그렇지 않은 경우도 있을 것이다. 파트릭 모디아노가 2014년 노벨문학상을 받기 전, 미국에서는 모디아노의 책이 1년에 300권 정도씩 팔렸다고 한다(실감을 더하기 위해 부연하자면 미국의 캘리포니아주 하나가 한반도보다 크다). 가장 유명한 작품 《어두운 상점들의 거리》는 수년간 모두 합해 2,000권 정도가 팔렸을 뿐이다. 만약 모디아노가 수상자로 선정되지 않았다면 모디아노는 영영 미국 독자들에게 알려지지 못했을 것이다.

문학상 수상자는 상의 권위를 나눠 받는다. 정확히 말하면 문학상과 수상자는 서로의 이름값을 담보로 잡고 있다. 사르트르가 노벨문학상을 거부한 이유는 잘 알려진 대로 '스스로 기관화되기를 거부했기' 때문이다. 사회주의 투쟁이 끝났을 때만 상은 주어질 수 있다는 사르트르의 말은, '더 좋은 책'을 쓴 작가 중에서 특별히 매년 한 명에게만 주어지는 특권을 거부하겠다는 선언이기도 하다. 개별의 인간이 개별의 인간으로 실존함을 인정받는 사회를 그는 원했기 때문이다. 그가 이전에 무슨 책을 썼고 앞으로 무슨 책을 쓰든, 그는 개별자 사르트르로 존재하기를 원했다.

그러므로 우리에게는 상을 바라보는 두 가지 시선이 필요하다. 하나는 상을 받은 작품과 작가에 대한 존중이다. 앞서 말했듯 상을 받은 작품은 — 배후에 비리 혹은 비리에 가까운 카르텔이 존재하지 않는 한 — 그 분야에서 일정한 성취를 이룬 작품이기 때문이다. 다른 하나는 상을 받지 못한 작품과 작가들에 대한 관심이다. 이를 위해서는 작품을 바라보는 안목을 키워야 할 텐데, 개인적으로 생각하는 가장 좋은 방법은 상을 받은 작품들을 통해 안목을 키워서 상을 받지 못한 작품들을 읽어보는 것이다. 물론 여기에 절대적인 선후관계는 존재하기 어렵고, 힘이 닿는 대로 오며 가며 읽으면 좋으리라 생각한다. 그렇게 읽다 보면 노벨문학상 수상자가 발표되었을 때 "아, 그래, 그 작가가 받을 만하지!"라는 말을 할 수 있는 날이 오지 않을까. 그런 날이 오지 않는다고 해도, 크게 상관없고 말이다.

책에서 빌려간 이야기들

철학자 김용석은 《서사철학》에서 현재의 (책으로 대표되는) 문자 문화와 (영상 매체로 대표되는) 영상 문화를 습관적으로 대비시키는 학자들의 견해에 반박하면서, 문자 문화는 청각 문화를 '영상화'함으로써 나타난 문화이고, 현재의 영화나 애니메이션 등은 문자 문화로부터 크게 변화되지 않은 감각 종합형 문화라고 이야기한다.

앞서 낭독에 관한 장에서 이야기했듯 우리는 본디 입에서 입으로 이야기를 전했다. 문자가 나타났다는 것은 그 말이 시각적으로 기록되기 시작했다는 뜻이다. 이 현상은 우리가 지금 문자 매체에서 영상 매체로의 전환을 두고 평가하는 것보다 훨씬 거대한 전환이었다. 우리는 문자 사용의 유무로 '선사시대'와 '역사시대'를 나누지 않던가. 처음 나타난 문자들의 형태가 이집트의 상형문자나 한자처럼 시각 자극을 그대로 표현한 표의 문자라는 점도 김용석 교수의 주장을 뒷받침한다.

물론 표음문자를 쓰게 된 이후의 문자 문화는 영상 문화라고 부르기 어려운 면이 있다. 문자가 시각적인 형태를 나타내기보다는 의미를 실어 나르는 기능을 하기 때문이다. 그러나 처음 문자에 투영된 욕구가 이야기의 시각화라면 그 욕구는 지금까지도 우리에게 남아 있다. 동굴에 벽화를 그리던 시절부터 소설이 영화화되는 현재까지, 보고 들은 이야기를 눈에 보이는 이미지로 구현하려는 시도는 늘 있었고 앞으로도 있을 것이기 때문이다.

인류의 역사에서, 보고 들은 이야기를 전하는 가장 실감 나고 효율적인 매체는 책이었다. 사실 책 말고는 전달할 수단이 많지 않기도 했다. 그림을 그리거나 말로 전하는 방법 정도가 다였을 것이다. 비록 문자를 읽고 쓸 수 있는 사람들 사이에서만 통용되었으리라는 한계가 있지만, 오랜 시간 동안 책은 차곡차곡 이야기를 쌓아왔다. 거기에는 책을 읽지 못하는 사람들, 책이 존재하기 이전의 사람들에 대한 이야기도 수집되어 있다.

우리가 상상하고 기록한 이야기는 거의 모두 책에 있을 것이다. 그것은 책이 개중 특별한 매체여서가 아니라, 책에 기록되지 않은 이야기는 소실되었으리라 짐작할 수 있기 때문이다. 책에 기록되어도 사라지는 일이 빈번했을진대, 기록되지 않은 이야기는 오죽하랴.

그래서 영상으로 새로운 이야기를 만드는 사람들에게 주어진 가장 풍요로운 자원은 책에 기록된 수많은 이야기이다. 많은 영화나 드라마가 책을 원작으로 한다. 그것은 앞서 말한 '시각화하고자 하는 욕구'의 구현이다. 우리가 읽은 이야기를 두 눈으로 실감 나게 볼 수 있는 시대가 열린 것이다. 고전에 속하는《위대한 개츠비》나《스타쉽 트루퍼스》부터《왕좌의 게임》,《해리 포터》 시리즈, 마블 시리즈까지, 책에서 화면으로 길어 올린 이야기들은 쉬지 않고 극장가와 TV에 오르내린다. 유튜브에는 영화와 원작 책을 비교하는 영상이 꾸준히 올라온다.

영상 매체는 책으로부터 이야기를 빌려오는 대신 '영상적인' 방법으로 서사와 주제의식을 표현한다. 비교적 탄생한 지 오래되지 않은 예술 영역인 영화는 그 시작부터 다른 예술과 차별되는 영화만의 언어를 요구받았다. 영화라는 예술의 정의正意를 내리기 위해서는 소설과는, 연극과는, 사진과는 다른 영화만의 예술성을 확립해야 했기 때문이다. 우리가 지금 하나의 작품을 두고 영화와 책을 비교하여 논할 수 있는 것은 영화로부터 느낄 수 있는 예술적 감흥과 책에서 느낄 수 있는 감흥이 완전히 다르기 때문이다.

여기서 영화보다 나은 원작이라든가, 원작보다 나은 영화를 꼽을 만한 능력은 없다. 개인적으로 선호하는 영화는 있으나 그것은 어디까지나 개인의 선호일 뿐, 내가 '더 좋은 영화'를 판별할 수 있다는 뜻은 아니다. 그러나 영화가 이야기를 책에서 빌려 갈 때 가져가는 항목들을 살펴볼 수는 있다. 그것은 책의, 특히 소설과 만화의 구성 요소를 살피는 일이기도 하다.

영화가 원작에서 가져가는 것

영화가 책의 이야기를 빌리는 가장 큰 이유는 앞서 말했듯 서사 때문이다. 서사성이 두드러지는 작품도 있고 아닌 작품도 있지만, 모든 소설과 만화는 최소한의 서사를 포함한다. 서사는 학창 시절에 배우듯 인물, 사건, 배경이라는 세 가지 요소로 구성된다. 영화는 소설로부터 이 세 가지를 가져오되, 모두 가져올 수도 있고 몇 가지만 취사선택할 수도 있다. 원작에서 중요한 인물이라도 과감하게 버릴 수 있고 별로 중요하지 않은 사건이라도 크게 부각할 수 있다.

취사선택하는 기준은 감독의 주제의식이다. 서사는 자연스럽게 주제의식과 연결되기 때문이다. 감독이 원작의 주제의식을 어떻게 생각하는지에 따라 서사에서 가져오고 더할 사항이 결정된다. 같은 기준을 가지고 영화가 원작의 문체, 혹은 그림체를 가져오기도 한다. 화면의 색감이나 구성, 숏의 종류, 길이, 배우의 연기 등을 통해 원작이 가지고 있던 분위기를 구현하는 것이다. 이 역시 감독의 의지에 따라 완전히 다르게 바꿀 수도 있다. 《예감은 틀리지 않는다》는 원작 소설보다 낙관적이고, 《싱글 맨》은 원작보다 비관적이다.

원작에서의 묘사와 대화 역시 영화로 옮겨진다. 원작에서 장면을 묘사한 대로 영상을 만드는 것이다. 예를 들어 《해리 포터》 시리즈는 전 세계 아이들이 책을 읽으며 꿈꿨던 모습을 성공적으로 영상에 구현했다. 책에서 묘사된 만찬 장면이라든가 기숙사의 모습, 지팡이의 모습 등이 영화에 딱 맞는 형태를 갖추어 등장했다. 원작에서 인물들이 나누는 대화 역시 시나리오에 맞게 각색되었으나, 상당 부분 원작 소설에서 가져왔다. 이렇게 서사, 묘사와 대화가 잘 옮겨진 작품을 두고 우리는 '원작에 충실하다'고 말한다.

영화가 만들어내는 것

위에서 언급한 것을 제외한 모든 것. 이를테면 일인칭 소설을 영화화한다고 할지라도, 영화가 주인공의 시선으로만 컷을 구성하는 경우는 많지 않다. 미술, 음악, 배우의 연기, 카메라 워크, 편집, 시나리오, 그러니까 아카데미 시상식에서 상을 주는 모든 영역은 영화의 것이다.

영상 매체는 그 자체로 훌륭한 이야기 수레다. 원작이 없는 영상에도 훌륭한 고전들이 있고 앞으로도 계속 탄생할 것이다. 이 훌륭한 수레에 책의 이야기가 종종 실리는 이유는 그만큼 책이 실어 온 이야기들이 풍부하기 때문이다. 흔히 이야기하는 영화계의 소재 고갈을 해결하는 이야기들이 앞으로도 부디 훌륭하게 잘 만들어져서, 사람들에게도 오래도록 사랑받았으면 한다.

북튜브, 북튜버

책을 소개하는 유튜브 채널, 일명 '북튜브'는 외국에서 2~3년 전부터 생겨나기 시작해 우리나라에도 속속 생기는 추세다. 그 추세에 일조한 유튜브 채널 〈겨울서점〉이 운 좋게 책을 좋아하는 사람들의 눈길을 끌어 나도 '북튜버'라는 호칭을 얻게 됐다. 몇 개의 인터뷰를 하며 제일 많이 들은 질문은 왜 이런 유튜브 채널을 시작했냐는 질문이었다. 무슨 야심을 가지고 시작한 건 아니었다. 큰돈을 벌겠다거나 MCN에 들어가겠다거나 하는 목표는 없었고, 그냥 내가 좋아하는 책 이야기를 하고 싶다는 생각이 컸다. 어린 시절 라디오를 들으며 자란 터라 지금도 라디오와 팟캐스트를 좋아한다. 마포FM이라는 지역 라디오에서 라디오 진행을 해본 경험도 있었다. 팟캐스트는 이미 포화 상태니 유튜브에서 하기로 했다. 나에게는 성능이 나쁘지 않은 미러리스 카메라도 있었고, 음악을 만들 때 쓰는 콘덴서 마이크와 오디오 인터페이스도 있었다. 음악 작업을 했던 감으로 영상 편집 프로그램의 단순한 기능을 빠르게 익힐 수 있었다(어려운 기능은 아직도 잘 모른다). 컴퓨터 책상에 카메라를 두니 반대쪽 책장이 배경이 되었다. 삼각대를 샀다. 짠, 이렇게 〈겨울서점〉이 탄생했다.

유튜브에서 책을 다루는 건 분명한 한계가 있다. 앞 장에서 이야기했듯, 책에 대해 다루는 영상이 부딪히는 가장 큰 장벽은 시각적 자극이다. 처음부터 고민했던 부분이 이 지점이었다. 책을 보여주며 할 수 있는 이야기라곤 외양에 대한 것뿐이기 때문이다. 책의 내용을 길게 이야기하다 보면 결국 책을 다루는 영상은 시각보다는 청각 친화적으로 될 수밖에 없다. 이런 문제를 해결하기 위해 어떤 채널은 화이트보드 애니메이션을 택하고, 어떤 채널은 편집으로 자료 사진을 넣지만, 내 채널에서는 그냥 카메라를 보고 조곤조곤 설명하는 방식을 택하고 있고 그 결과 많은 구독자가 화면을 보지 않은 채 영상을 '듣곤' 한다. 단순히 책 리뷰만을 하지 않고 굿즈 리뷰를 하거나 책 관련 행사 영상을 올리는 이유도 이 문제를 해결하기 위해서다.

재미로 시작했지만 어쨌든 지금은 꽤 많은 사람의 독서 가이드가 됐다. 댓글로 책 추천을 부탁받기도 하고 책 리뷰를 부탁받기도 한다. 내가 극찬하는 책을 무조건 사는 사람들도 생겼다. 채널마다 동력이 다르지만, 내 채널은 전적으로 나의 안목에 대한 믿음으로 굴러가는 채널이다. 거기에 대한 책임을 지려고 노력한다. 그건 '북튜버'라는 직업에 따르는 직업윤리다.

모든 직업에는 필연적으로 직업윤리가 따른다. 나는 북튜버로서의 직업윤리란 첫째, 책에서 충족해야 할 최소한의 수준을 갖춘 책을, 둘째, 솔직하게 소개하는 것이라고 생각한다. 책에서 충족해야 할 최소한의 수준이란 그 책의 맞춤법, 윤리적 수준, 논리적 수준, (장르에 따라) 문학적 성취 등을 말한다. 내가 책의 수준을 완벽하게 판독할 수 있다고 자신 있게 말할 수는 없지만 이 기준을 늘 염두에 두고 있다. 솔직함은 북튜버뿐만 아니라 모든 영역의 유튜버들이 구독자와의 신뢰를 쌓기 위해 갖춰야 하는 미덕이다. 이를테면 품질이 나쁜 화장품을 칭찬했다가 들통나는 일이 여러 번 반복된다면 구독자들은 더 이상 그 뷰티 유튜버의 영상을 보지 않을 것이다.

매 영상을 만들 때 두렵다. 혹시라도 잘못된 정보를 전달할까 봐, 누군가의 기분을 상하게 할까 봐, 밑천이 떨어질까 봐, 사람들의 반응이 시원치 않을까 봐, 구독자 수가 줄어들까 봐 두렵다. 그중에서도 제일 두려운 것은 내가 세운 원칙을 내가 무너뜨리는 것이다. 작은 것에 일희일비하며 나의 입장을 손바닥 뒤집듯 뒤집을까 봐. 무슨 일을 하든 나 자신을 지키는 것이 결국 나의 자산이 될 것임을 잊지 않으려고 한다. 동시에 나를 끊임없이 돌아보는 것만이 나를 지키리라는 것 또한 잊지 않으려고 한다.

채널 종류를 막론하고, 유튜브에 올라오는 영상은 대부분 10분 내외, 길면 30분 정도다. 게임 방송같이 몇 시간씩 플레이를 보여주는 경우를 제외하고는 대부분 이 길이에 맞춰져 있다. 그 정도 분량일 때 사람들이 지루해하지 않고, 편안하게 영상을 넘어 다니며 볼 수 있기 때문이다. 그나마도 페이스북에서 선호되는 영상 길이보다는 훨씬 긴 편이다. 그래서 책에 대한 글을 쓰거나 팟캐스트를 하는 것만큼 한 권의 책에 달라붙어서 이야기하기가 쉽지 않다. 하지만 깊이에 대한 욕심이 있어, 차후에는 한 시간에서 두 시간 내외의 분량으로 한 권의 책만 이야기하는 영상도 만들어보고 싶다.

유튜브에서 즐겁게 하는 일 중 하나는 사람들과 실시간으로 이야기하는 라이브 방송이다. 텔레비전과 라디오의 가장 큰 차이는 소통 방향의 차이일 텐데, 유튜브는 실시간으로 얼굴을 볼 수 있으면서도 라디오처럼 사연을 받아 곧바로 읽을 수 있다는 점이 매력적이다. 처음 라이브를 시작했을 때 별다른 공지 없이 진행해서 아무도 안 들어오면 어쩌나 걱정했는데 기우였다. 기껏해야 10명 정도를 예상한 것과는 달리 60명 정도가 첫 방송을 봤다. 미리 공지하고 라이브를 하는 지금은 채널 구독자의 2~3%가 라이브를 지켜본다. 오늘 하루는 어땠는지, 최근 읽은 책은 어땠는지 이야기하고 심지어 실시간으로 같이 책을 사기도 하는 라이브 방송에는 녹화와 편집을 거친 매끈한 영상과는 다른 매력이 있다. 정말 라디오 같은 매력이 있어서 그런지 많은 구독자가 다른 일을 하며 라디오처럼 틀어놓는다고 증언하기도(?) 한다.

잘 나가는 유튜버들보다는 훨씬 작지만 어쨌든 책이

라는 영역에서 규모를 빠르게 늘려나가고 있는 채널이라 그런지, 밖에서도 알아보는 분들을 종종 만난다. 특히 책과 관련된 장소를 갈 때는 더욱 그렇다. 와우북페스티벌이라든가 빨간책방 카페 같은 곳을 가면 꼭 인사를 해주시는 분이 계시곤 한다. 2017 서울국제도서전에서는 함께 도서전 내부를 돌아다니며 소개하는 '독슨트'를 맡았는데, 도서전을 구경할 겸 내 얼굴도 구경할 겸 오신 분들이 계셨다. 심지어 한 번은 하루종일 집에서 일하다가 세수도 하지 않고 집 앞에 운동을 하러 나갔는데, 인스타그램 메시지로 마을버스에서 나를 봤다고 하는 분도 계셨다(이후로 집 밖에 나갈 땐 꼭 세수를 해야겠 다는 교훈을 얻었다). 인사해주시는 모든 분들께 진심으로 감사드린다. 유명한 유튜버들의 영상을 보면서 구독자가 인사해주면 좋다는 말을 믿지 않았는데, 어떤 기분 인지 알게 되었다. 추상적인 숫자와 모니터에 찍힌 활자로만 존재하던 구독자가 실물로 손을 내밀 때 느껴지는 반가움이란 엄청난 것이었다. 아, 정말 사람들이 영상을 보고 있구나. 싶은 느낌.

도서전에 두 딸을 데리고 오셨던 여성분이, 딸들이 요새 〈겨울서점〉에 빠져서 책을 그렇게 사들인다고 했다. 사들이고는 읽지도 않으면서 책상에 쌓아둔다고도 했다. 나는 아이들에게 쉬운 책부터 시작해보라고 했다. 어떤 분야든 유튜브는 유튜브일 뿐이다. 유튜브에서 뷰티 채널을 많이 본다고 화장을 잘할 수 있는 게 아니듯, 유튜브에서 책 영상을 많이 본다고 해서 책을 많이 읽은 사람이 되는 것도 아니고, 책을 많이 읽을 수 있는 능력이 생기는 것도 아니다. 책의 내용을 요약본으로 듣는 것은 그냥 정보를 전달받는 것뿐이다. 그건 독서 능력과는 큰 상관이 없다. 책에 담긴 정보는 어디서든 얻을 수 있다. 그 정보들을 어떤 방식으로 구성하고 꿰어냈는지 살펴보는 것이 독서의 큰 재미다.

내가 생각하는 북튜브 채널의 가장 큰 역할은 독서 욕구에 대한 지속적인 자극이다. 독서는 원래 진입장벽이 높은 취미다. 책을 읽어야 한다고 생각하지만 막상 시작하지 못하고, 시작하더라도 좌절하며 읽기를 그만두는 사람이 많은데 그건 자연스러운 현상이다. 책이란 그런 물건이기 때문이다. 그런 사람들이 마침내 장벽을 넘어설 때까지 꾸준히 흥미를 북돋워주고 유지시켜주는 것이 북튜버의 중요한 역할이다. 나는 채널에서 책을 소개하기도 하고 분석하기도 하고 배경지식을 설명하기도 하지만, 그 모든 영상은 본질적으로 자극제라고 생각한다. 책을 소개하는 영상에서 책으로 흥미가 이어지지 않는다면 그게 무슨 소용일까. 이 독서 욕구를 청소년들에게 선사할 수 있다는 건 기쁜 일이다. 텔레비전보다 유튜브가 더 친숙한 어린 학생들이 댓글로 처음 책을 사봤다고 말할 때, 책 읽는 사람에 대한 로망이 생겼다고 말할 때 이루 말로 다할 수 없는 뿌듯함을 느낀다. 특히 학생의 성별이 여성일 때 더욱 반갑다. 여성 학생들이 더욱 똑똑해지고 단단해지길 바라기 때문이다. 찾으려면 선정적이고 자극적인 영상을 얼마든지 찾을 수 있고, 그런 영상을 만드는 사람들이 쉽게 유명해져 돈을 버는 유튜브 세계에서 조금이나마 좋은 영향을 주고 있다는 사실에 감사함을 느끼고 있다.

물론 학생 외에도 책과 친하지 않았던 많은 사람이 점점 책에 흥미를 느끼는 과정을 지켜보는 기쁨 역시 크다. 원래 책을 좋아했던 사람들이 놀러 와 자유롭게 책 이야기를 나누는 걸 볼 때면 동지애도 느껴진다. 우리는 책을 즐기며 앞으로 가자.

그러니까 이건, 몸부림 같은 것일지도 모른다. 활자 시대의 종언을 듣고 싶지 않아 저 멀리 떠나는 영상 세대에게 보내는 구조요청인지도 모른다. 아직 활자는 살아 있다고, 그러니 데리고 가라고. 하지만 이렇게까지 비관적으로 보기에 나는 활자를 지나치게 사랑한다. 사랑하는 대상의 미래가 죽음이라 믿는 이는 없다. 그래서 미래가 책에 그리 잔인하지만은 않을 것이라 믿는다. 사람들은 계속 책을 읽을 것이고, 책은 사라지지 않을 것이다.

사람들이 책을 더 많이 읽었으면 한다. 책이라는 좋은 친구를 다들 곁에 두고 살기를 바란다. 책을 읽음으로써 다양한 감정을 느끼고, 추상적인 사고를 하고, 몰랐던 것을 배우고, 혼자 있는 시간을 풍요롭게 보내길 바란다. 타인의 아픔에 공감하고 새로운 관점을 접하는 계기가 더 많아지길 바란다. 읽으면 읽을수록 읽을 책이 까마득히 많아지는 그 역설을 공감하길 바란다. 좋은 책을 읽었을 때 느껴지는 짜릿함을 느껴보길 바란다. 어떤 계기로 읽게 되든, 책은 일단 친해지기만 한다면 평생 배신하지 않는 좋은 친구가 되어줄 것이다. 이 책이 독자 여러분에게 독서 욕구를 선사했기를 진심으로 기원한다.

에필로그 ; 12살의 독후감

여기까지 다다른 독자 여러분에게 진심으로 감사의 말씀을 드린다. 변명 같지만 겨우 두 달 만에, 음반 작업과 병행하며 쓴 첫 책이 여러분에게 얼마나 유익하게 읽혔을지는 모르겠다. 부족함이 많은 스물여덟 편의 글을 넘어오셨으니 가벼운 마음으로 떠나시라고, 초등학교 5학년 때 썼던 독후감으로 책을 마무리하겠다. 이 독후감은 운영하는 유튜브 채널 〈겨울서점〉에서 라이브로 읽은 바가 있다. 수많은 이들에게 웃음을 선사했던 독후감을 독자 여러분에게도 — 창피함을 무릅쓰고 — 들려드린다. 부디 책이라는 존재의 마력에 여러분도 빠지셨기를 기원한다(참고로 저 -끝-까지가 모두 일기다).

날 짜 : 2002년 7월 25일

책 제목 : 이윤기의 그리스 로마 신화 1, 2

지은이 : 이윤기

출판사 : 웅진출판사

독후감 제목 : 읽으면 읽을수록 깊이 빠져드는 또 하나의 미궁

정말 신화는 미궁이다. 사람들이 어떻게 생각하는가에 따라 도덕적인 사건과 신도, 윤리적이지 못한 사건과 신도 될 수 있다. 상상력의 빗장을 어느 쪽으로 푸느냐에 따라 달라진다.

난 이 책을 우연히 접하게 되었다. 잘 기억나지는 않지만 엄마가 이 책을 권해주셨던 것 같다. 난 그 책을 샀을 때 기분이 너무 좋았고, ㅡ 원래 난 새로운 책을 살 때, 읽을 때마다 기분이 업 된다 ㅡ 집에 가서는 다음 날에 읽게 되었다. 난 이 책의 마력에 끌리며 신화의 미궁 속으로 깊이 빠져들어 갔다.

이 책에서는 신화를 1, 2권 합쳐 총 24가지의 열쇠로 하나하나 문을 연다. 신발의 의미부터 기억과 망각, 로미오와 줄리엣의 시초, 포모나 이야기까지.... 걷잡을 수 없이 빠져든다. 특히 외짝신사나이(모노산달로스) 이야기는 내가 신화에 대한 재미를 느낄 수밖에 없게 만들고, 에뤼시크톤이 나무를 베어 그 벌로 걸신들렸을 땐 통쾌하기까지 했고, 오르페우스가 뒤를 돌아본 순간엔 너무나도 안타까웠다. 직접 신화 속으로 가서 '그게 아니에요!'라고 말해주고 싶은 마음까지 들었다. 이게 신화의 매력이 아닐까?

이제 난 신화의 깊은 재미를 알 것 같고, 또 도전해 보고 싶은 책이 생겼다. 《길 위에서 듣는 그리스 로마 신화》이다. 머지않아 또 한 번 신화의 미궁 속으로 빠질 것 같다.

— 끝 —

독서의 기쁨

리커버 1쇄 발행 2024년 5월 30일

지은이 김겨울

펴낸이 윤주용
펴낸곳 초록비책공방

출판등록 제2013-000130
주소 서울시 마포구 동교로27길 53 308호
전화 0505-566-5522 팩스 02-6008-1777

메일 greenrainbooks@naver.com
인스타 @greenrainbooks @greenrain_1318
블로그 http://blog.naver.com/greenrainbooks

ISBN 979-11-93296-27-1 (04810)
979-11-93296-26-4 (세트)

* 정가는 책 뒤표지에 있습니다.
* 파손된 책은 구입처에서 교환하실 수 있습니다.